위 빌트 디스 시티

위 빌트 디스 시티
ⓒ박상권 Printed in Seoul
2020년 11월 23일 초판 발행

지은이 | 박상권
발행인 | 박찬우
편집인 | 우 현
펴낸곳 | 파랑새미디어

등록번호 | 제313-2006-000085호
서울특별시 마포구 서교동 357-1 서교프라자 318
전화 | 02-333-8311
팩스 | 02-333-8326
메일 | adam3838@naver.com

가격 11,000원
ISBN 979-11-5721-140-1 03810

위 빌트 디스 시티

박 상 권

들어가며…

누구나 그렇듯이 예술적 감수성이 약간 승한 생물학적 시기가 있었다. 지금이나 마찬가지의 천박한 잔재주로 맹목적인 본능에 사로잡혀 잡문 나부랭이를 끄적거려 보았으나 감상만이 앞설 뿐 거의 휴짓조각에 지나지 않아 나 자신에게도 다시 보이고 싶지 않은 것들뿐이었다.

모두 불살라 버리고 차라리 공부나 더 하자는 마음으로 식민지 시대 문학의 언저리를 기웃거려 보았으나, 이 또한 나의 힘이 도저히 미치지 못할 저만치 깜냥 밖의 것임을 깨닫는 데에는 그리 오랜 시간이 걸리지도 않았다. 이 모든 것을 깨끗이 포기하고 절대로 수월치 않은 삼십 년이 넘는 교직 생활을 생업 삼아 부끄럽게 이어오게 되었다.

그간 빛바래 온 세월과 더불어 얄팍한 삶의 더께나마 생겨나게 되자 쓸데없이 하고 싶은 말들이 많아지기 시작하였다. 내가 젊었을 때 질색을 하였던 그 짓을, 그러지 않아도 각자의 삶을 살아가기에 바쁜 요새 젊은 사람들에게 저지르고 있는 것은 아닌가 하는 어쩔 수 없는 혐증이 번져 올랐다.

요행인지 아닌지 더는 추하게 굴지 말고 하고 싶은 말들이 있으면 다듬어지지 않은 그대로 나 자신에게 먼저 하면 되지 않겠느냐는 너무도 평범한 사실을 가까스로 깨닫게 되었다. 결국, 다소간에 늦게나마 붓을 놀리게 된 이 엉뚱한 짓거리의 가장 큰 동기는 자기 위안인 셈이었다.

그래 여기서, 새삼스레 무슨 이야기든 나에게 들려주고 싶은 욕심이 생겨났다는 것은 그만큼 후안무치해졌다는 의미이기도 함을 스스로에게라도 고백하지 않을 수 없다. '그래야 한다'라고 힘겹게 목소리를 내는 것이 문학의 본령인 것처럼 인식될 수밖에 없었던 멀고 먼 과거의 정세 속에서는 좌고우면으로 일관하다가, 연륜이니 세태니 하는 비겁한 변명을 내세워 지금에 와서 '그랬었다'나 '그럴 수 있다'를 이야기하려는 것이 과연 개인적으로도 정당한가에 대한 의문이 우리 세대의 숙명임을 나조차 모를 수는 없기 때문이다.

그러함에도 최근 이삼 년 문장 한 가닥, 구성 한 줄기도 제대로 챙길 줄을 모르면서 알량한 용기를 끌어모아 그야말로 닥치는 대로 마구 끄적여 대었다. 당연히 내 목소리가 먼저인 목불인견의 휴짓조각 수준을 여전히 면치 못할 지경이었다. 그런데도 그게 뭐가 그리 아깝다고 불사르기는커녕 이제는 만용에 가깝게 이야기 한 편을 이 세상에 내놓으려고까지 하고 있으니.

그나마 가장 최근에 마무리한 것을 내세운 까닭은 나 자신의 짙은 그림자가 그래도 비교적 덜 드리우게 되었을 것이라는 밑도 끝도 없는 믿음 때문이었다. 어찌 되었든, 아무리 심혈을 기울여 쓴 장문일지라도 박진감 넘치는 야구 경기 하나보다 나을 것 없다는 엄연한 실체적 진실을 잘 알고 있으면서도 이러는 나 자신이 다시 한번 부끄럽다.

아니, 솔직히 이유도 모르면서 그보다는 몇 배는 더 두렵다.

2020년 11월
박상진

CONTENTS

딸과 아버지의 강

　장대한 크리스 강 하나를 사이에 두고 떨어진 듯 붙어 있는 듯 사는 외동딸의 방문은 늘 늙은 부모를 감정적으로 다소 격앙되게 하였다. 좋은 의미에서건 그렇지 않건 간에 세상의 어떤 부모도 자식의 방문을 마다할 리는 없는 것 아니겠는가? 그들에게 그것은 집 나간 내 강아지의 귀환 같기도 하였겠지만, 본디는 나고 자란 오랜 터전으로의 귀향이라는 거창한 의미를 지니는 그럴싸한 의례일 수도 있었다.

　"네 남편은 요즘도 바쁘니? 하긴 때가 때이고 일이 일인지라 정신이 하나도 없겠지?"

　"그러게나 말이에요? 이제 겨우 차곡차곡 일들이 자리 잡히나 보다 했는데 기어이 이런 큰일이 터져 버리고 말았네요!"

　"암만, 큰일이지! 큰일이야! 큰일이기는 해도 원래 그렇게 돼야 했을 일 아니냐? 겪고 나면 다 잘 되고 좋아질 거다."

　아버지의 말이 전혀 위안이 되지 못했던 것일까? 여전히 딸의 표정은 밝지 못했다. 아니, 넓고 오래된 친정집으로 들어설 때보다 더욱더 어두워져만 갔다. 부친의 오랜 당위론이 자신의 긴박한 현실론을 압도하는 작금의 상황이 난감함을 넘어 일말의 서운한 감정마저 초래할 지경이었으니까 그것은 어쩌면 당연한 신체적 현상이었다. 완강하고 둔감한 아버지 대신 이번에는 익애라도 좋을 어머니가 먼저 나설 차례였다.

"내내 바쁠 수만 있다면야 이렇게 되나 저렇게 되나 무슨 상관이 있겠소마는……, 당신 눈에는 그 일 같지도 않다는 일마저 없어질지 모르니까 쟤가 저리도 마음이 부대껴서 그러는 것 아니에요?"

"부대낄 게 뭐 있어? 이제 예전처럼 합쳐지면 일자리도 더 늘어나고 강의 남북을 가리지 않고 집값도 오르고 해서 살기 좋은 부자 동네가 될 텐데!"

"아버지는……! 아버지 어리실 적에도 엄연히 행정 구역상으로는 다른 동네였다면서 왜 자꾸 예전 얘기만 꺼내세요? 저는 지금이 더 좋은데요."

"그러니까 이 애비가 태어나기도 더 훨씬 전에는 다 한 고을이었다는 얘기지. 그러니 암만 세월이 많이 흘렀어도 하나로 합쳐지는 게 이치상으로도 틀릴 게 없다는 얘기고."

딸은 그렇게 치면 우리 나흐만 주와 위쪽의 나흐쿠브 주가 통합되는 것도 당연한 게 아니냐고 대꾸할 뻔하였다. 그러나 그것이 어찌 보면 자신이나 남편의 현재 처지에서는 스스로 모순이 되는 말일 수도 있다는 생각에 겨우 거두어들였다. 소위 국가적 거대 담론이 지역적 현안에 그대로 적용될 수는 없는 한계를, 아니 개개인의 삶에 일관되게 침윤될 수도 없는 현실을 원망하는 도리밖에는 없었다. 그러나 절대로 이 문제로 괴로워한다거나 심지어는 부끄러워해서는 자신들에게 유리한 해결책을 찾을 수 없다는 다짐을 다시금 되새기기로 하였다.

"이 애비가 겨우 강 하나 건너서지만 이곳 노에지드 시티까지 들어와서 자리를 잡기에 젊은 시절부터 얼마나 고생을 했는지 너는 아니?"

"그때는 우리 동네가 노에지드 시티에서 먼뒤쪽이라고 불릴 정도로 시골이었지만 한참 전에 아두만 자치 타운이 들어선 지금은 아니라구요!"

"그게 무슨 말이냐? 우리 노에지드 시티의 한 구역으로 편입시켜 달라는 사람들은 많건 적건 언제나 그곳에는 있었다."

"……"

"그러고 보니 옛날에도 그런 얘기들이 나오기는 했었네요."

그것은 사실이었다. 그리고 현재는 그런 말을 공공연하게 꺼내는 사람들의 숫자가 꾸준히 늘고 있다는 것 또한 사실이었다. 이러다가는 딸의 무리만이 통합을 반대하는 마지막 세력으로 남게 될지도 모르겠다는 두려움 역시 과민한 것도 아니게 되어 버렸다. 아버지의 말이 아니더라도 대세는 거스를 수 없는 상황임을 시시각각 직감하고 있는 나날들이었다.

노에지드 시티에서 먼뒤쪽이라 불리던 지역 출신의 아버지는 이제 대망의 노에지드 시티의 주민이 되어 자기 고향과의 통합을 반기는 입장이 되어 있었다. 반면에 노에지드 시티에서 성장한 딸은 몇 년 전에 이주한 아두만 자치 타운의 중추 세력이 되어 역시 자기 고향에 흡수되기를 한사코 반대해야 할 처지에 놓여 있었다. 어려운 가정 형편 탓으로 공부가 짧았던 연로한 아버지가 그런 단어를 사용할 줄은 모르겠지만 부녀는 모두 이 상황이 참으로 시니컬하면서도 아이러니하다고 공감하고 있는 것만큼은 확실해 보였다.

"그래, 우리 두 동네가 하나가 되는 것은 두 손을 들고 환영할 만한 일이지만 어째서 네 남편이 드나든다는 연댄가 포댄가 하는 단체에서는 그간 사이도 안 좋았던 만 주와 쿠브 주를 무작정 합치려고만 든다니? 그래서 당장에 우리 노에지드 시티도 합쳐야 살 수 있다는 얘기가 나오게까지 된 것 아니냐?"

"원래 역사적으로 같은 나흐 주였으니까 합쳐져야 하는 것은 너무나 당연한 얘기구요. 우리 지역은 각자 발전해 나가면 그게 서로에게 더 도움이 될 거라는 생각이에요."

"큰 것들은 더 크게 만들려고 하면서 작은 것들은 작은 대로 그대로 내버려 둔다는 게 어디 세상에 당하기나 할 이치겠니? 당장 저 크리스 강만 해도 그렇게 해서는 넘실넘실 물이 흘러갈 수가 없게 될 노릇이고, 또 우리끼리나 각자지 남들 눈에는 어차피 한통속으로 보여서 이러니저러니 말들이 끊이질 않게 되어 있어!"

"저 멀리 딴 데에서 이리로 들어와 터 잡고 살면서도 그런 얘기를 하는 사람들이 있기는 하지요."

"……."

아버지의 말은 원칙적으로는 역시 사실이었다. 딸은 자신의 남편이 은연중 줄을 대고 있었던 옵니즈 당의 최근 모호한 방침을 잘 알고 있었다. 역사상 앙숙 관계였던 두 나흐 주의 최근 통합 논의 기미에 대해서는 주 지부뿐만이 아니라 중앙당 차원에서는 적극적으로 지지! 따라서 루어스 메트로에서 아두만 자치 타운으로의 주도 전면 이전은 잠정적 보류를 표방한 실질적인 포기! 대신에 노에지드 시티와 아두만 자치 타운의 통합은 순전히 지역적인 차원에서 결정할 문제이기는 하지만 전향적인 관점에서 권장! 이 정도면 난제가 산적한 이 나라에서 국민 전체의 따가운 시선을 감수하면서까지 특정한 지역에만 최대한의 혜택을 베풀어 주는 셈이라는 심산이었다.

한편 아버지가 한평생 표로, 그리고 그보다 더한 마음으로 지지해 온 우소브 당의 당론은 이번에만큼은 매우 확고하였다. 일단 시티와 자치 타운의 통합은 밑에서부터의 국민적 의사 결정이라는 측면에서 적극 지지!를 넘어서서 기필코 관철! 그렇다고 해서 통합된 지자체로 완전히 주도를 옮기는 문제는 추후 상황 전개나 주민들의 여론을 보고 나서 신중하게 결정해도 늦지 않는다는 사실상의 반대! 그리고 나흐만과 나흐쿠브 두 주의 분리 이후 문화적, 경제적 격차를 고려할 때 인적, 물적 교류 활성화까지는 모르겠지만 정치나 행정상의 통합에는 여러 부작용이 불을 보듯 뻔하게 타오를 것이기 때문에 절대 불가!

정치적 이념상 대척점에 서 있는 두 정당이지만 실제 이 지역의 통합 문제에서는 공유하고 있는 부분이 현재로서는 적지 않았다. 국가 전체적으로 인구가 감소하고 지방이 소멸되어 가고 있는 상황에서 경제마저 활력을 잃어가고 있으니 어쩌면 확연하게 차별화된 별 뾰족한 대안이 달리 있을 턱이 없어서 그랬을 것이다. 사실 자질구레한 덩어리들이 서로 합쳐서 몸집을 키우는 게 그나마 생존을 위하여서는 합리적이라는 생각은 삼척동자도 지닐 수 있는 단순한 식견이기는 하였다.

"우리 노에지드 시티가 요사이 많이 줄어 칠십만이 무너졌다고는 해도 저 깔때기 같고 빨대 같은 아두만 자치 타운이 이제 이십만을 넘어섰으니까 일단 통합에만 성공을 하게 되면 곧 백만 이상을 바라보는 우리 나흐만 주 안에서는 둘째가는 메트로로 장차 커질 수 있는 날도 머지않을 게다."

"인구만 많으면 무엇해요? 적당한 숫자의 사람들이 살기에 편안한 그런 도시가 되어야지요? 아빠는 그 넓고 크다는 루어스 메트로에 갈 때마다 정신이 하나도 없다면서도 우리 동네가 그렇게 되기를 바라고 계신 거예요, 지금?"

"우리보다는 몇 배나 큰 루어스 메트로 같은 그런 곳은 꿈도 꾸지 않는다. 이러다가는 노에지드 시티가 자꾸만 쪼그라들어서 나흐쿠브 주의 하찮은 도시들보다도 더 못사는 곳으로 굴러떨어질까 봐 그러는 거지. 사실 말이 났으니 말이지 네가 그렇게나 살기 좋은 곳이 될 거라고 믿는 아두만 자치 타운이 생기지만 않았어도 이런 걱정 하나 없이 잘 나갈 곳이었다."

"애초의 계획대로 주도가 아두만 자치 타운으로 완전하게 옮겨오기만 하면 노에지드 시티도 당연히 그렇게 될 거예요. 루어스 메트로 사람들이 내려오면 그 많은 인구가 자리 잡고 살 곳이 어디겠어요?"

"애는 아직도 노에지드 시티 어떤 방송에 나오는 것과 똑같은 소리냐? 너는 이 애비가 젊어서 아무리 배운 게 없다고 세상 돌아가는 물정도 모를 정도로 그렇게 무식하게 늙은 노인네로밖에는 안 보이는 모양이로구나?"

세대 차이나 정치적 성향 차이라고 하기에는 다소 첨예하면서도 서글픈 딸과 아버지의 대립은 차라리 두 도시를 가르는 크리스 강의 탓이라고나 하여야 할 모양이었다. 한때 그 강줄기로 인하여 비옥했던 땅이 불모의 도회지로 변모하지만 않았었다면…….

"골치 아픈 얘기는 그만들 하시고 조금 이르기는 하지만 저녁 식사부터 하세요! 시원하게 콩국수 말았는데 둘 다 좋아하는 거잖아요?"

"콩국수라고?"

"콩국수요?"

"거, 맛은 있겠구만!"

"야, 모처럼 맛있겠다!"

그래도 밥보다 면을 더 좋아하는 식성은 부녀가 쏙 빼닮았다. 아니 아버지가 어릴 적부터 딸을 그렇게 길들였는지도 몰랐다. 라면이고 짜장면이고 한밤중에도 자고 있던 아이를 깨워서 같이 먹이고 또 그것을 채 떠지지 않는 눈을 비벼가면서도 넙죽넙죽 잘 받아먹던 사람들이었으니까. 끈적한 장마철 더위를 시원스레 날려 보내 줄 콩국수야말로 지금 제격인 음식이었다.

그래서 어머니의 유서 깊은 레시피에는 아버지와 어긋나기만 하는 딸의 고민도 속 시원히 사그라들었으면 하는 바람도 담겨 있는 셈이었다. 한때 즐겁게 음식을 나누던 것과는 달리 물론 현재 크리스 강을 사이로 하고 서로 바라보는 방향이 다를 수밖에 없는 두 부녀의 미식 품평회에서 의견의 일치를 기대하기는 참으로 어렵겠지만 말이었다.

"옛날 기름진 논두렁 가에 지천으로 심어서 털어먹던 백태 맛이 아니야! 다들 배가 고파서 그 콩을 군것질거리로 볶아도 먹고, 해마다 잊지 않고 메주도 띄워 먹고, 곱게 갈아서는 두부도 해 먹고, 이렇게 국수 국물 삼아 말아도 먹고 했는데 말이야."

"나는 조금 누런 옛날 칼국수를 넣어서 쫄깃하게 먹었을 때보다 그냥 요즘 누들이 담백하니 맛이 더 괜찮더라!"

"왜? 콩국수는 한참이나 국수를 입안으로 끌어당기다가 이제는 웬만하다 싶어서 국물을 들이켤 때 가슴 한구석이 뻐근하니 아프도록 미어지는 맛에 먹는다는 소리는 안 하시우들?"

콩가루의 거친 입자가 식도를 자극하는 가벼운 통증마저도 즐기는 경지에 함께 올라 있는 두 사람이었건만 오늘 같은 음식을 먹으면서도 관심을 기울이는 세부적인 레시피는 서로 같지 않았다. 아버지는 자꾸만 과거로 돌아가려 하고 있었고, 딸은 변화하는 입맛을 그대로 즐기려 하고 있었다. 그러함에도 배는 충분하게 그득했고 가슴도 여전히 무지근해졌을 것이다.

아버지는 어릴 적 강 건너 고향 마을의 비옥했던 농토를 다시 떠올렸다. 그것은 크리스 강의 수줍은 범람과 너그러운 몽리가 오랜 시간 빚어낸 축복이었다. 그리고 자신에게는 한없는 인내와 기본적인 생존을 맞교환하던 터전이기도 하였다. 어린 나이에 그 의미와 가치를 헤아려 볼 겨를도 없이 매달려야 했던 노동의 시절은 추억으로라도 다시 돌아가고 싶지 않았다. 딸네가 그런 비슷한 느낌조차 이해하기를 원하지도 않았다. 그렇건만 자신의 그런 속마음을 알아채지 못하는 것만큼은 서운함을 넘어 서글프기까지 하였다.

"그때 그 논과 콩밭이 지금은 얼마나 멋있는 곳으로 탈바꿈했는지 다들 아시면서……. 그리고 우리가 그렇게 되라고 또 얼마나 정성을 쏟아

부었는지 더 잘 아시면서……."

"그때 어둑어둑하기만 하던 먼뒤쪽에서 바라다보는 예전 노에지드 시티의 아스라한 불빛이 그렇게 보기 좋을 수 없었다. 일전에 너희 집 높은 창밖으로 내려다보니까 그때와는 다르게 휘황찬란하기는 하던데 이 콩국수처럼 옛 맛이 하나도 안 느껴지더라!"

"그거야 그때는 노에지드 시티가 지금의 아두만 자치 타운보다 조금 더 큰 도시 정도였으니까 그랬을 거구, 당신 고향은 말도 못 할 정도로 어두컴컴한 촌구석이었으니까 더 그랬을 거 아니에요?"

남편만큼이나 이 지역의 변화를 몸소 겪으며 함께 해온 노에지드 시티 출신의 아내도 이해하지 못하는 것이 적지 않았다. 평범한 가정 출신에 선량한 성품 탓인지 모든 것을 단순화해서 받아들이고 또 내어놓아 버릇하는 그녀는 남편 혼자만의 유년기를 함께 절감해 줄 수는 없었던 것이다. 하기는 남편이 강 건너편의 밤 풍경을 하염없이 바라보던 그림이 은은한 수채화가 아니라 한 편의 극사실주의적 세밀화였음을 굳이 깨우쳐 주어야 할 필요가 있었을까?

그날 일이 마저 끝나지 않아 어두워질 때까지 트랙터든 콤바인에든 버스 보이처럼 매달려서, 아니면 적당히 어둑해진 농로를 터벅터벅 흙발로 걸으며 멀리 바라다보는 물길 저편의 불빛은 한없이 본능을 자극하는 그 무엇이었다. 부나비처럼 타 죽어도 좋으니 지금 당장 저 광명을 향하여 채 마르지 않은 날갯짓을 하고 싶다는 욕구를 가라앉히기가 참으로 어려웠다. 소년은 스스로 콩 한 포기 심을 땅조차 없는 극심한 빈곤을, 아니 고향 마을 자체를 그래서 어서 서둘러 떠날 수 있을 것이리라고 다짐에 다짐을 거듭하였다.

"아버지가 그 어린 나이에 농사일을 그만두고 노에지드 시티의 공장으로 취직하러 크리스 강을 건너온 것은 일단은 잘하신 일이었어요. 그때는 아두만 자치 타운 같은 것은 다들 생각조차도 하질 못하고 있었을 테니까요."

"누가 아니라니! 그냥 고향에서 농사나 지으면서 야금야금 땅이나 사 모아 놓았으면 지금쯤 갑부가 되어 있었을 텐데."

"내가 당신 말대로 고향에 땅이라도 있어서 아두만 자치 타운 건설 덕에 갑자기 부자가 되었다면 저 애는 물론 당신도 내 팔자에 있을 수 있었겠소? 아니 나부터 진작에 죽어라 일만 하다가 내 것도 아닌 고향 땅 어딘가에 파묻혀 있을지도 모르지."

"……!"

"아빠는 꼭 그렇다는 말이 아니잖아요? 엄마는 그냥 한 번 재미 삼아 생각이나 해 보자는 건데……. 그리고 어쨌든 아버지가 젊은 날에 별로 보잘것없었던 노에지드 시티로까지 오셨으니까 엄마도 만나실 수 있었고, 그래서 나도 이렇게 태어나게도 된 거고, 또 노에지드 시티도 더욱 크게 발전해서 이제는 새 배는 더 큰 번화한 도시가 되었고, 게다가 허허벌판 아빠 고향에는 아두만 자치 타운도 들어서게 되었으니까……."

"그래서 다시 덜 번화하게 되기 전에 하나로 합쳐지는 게 당연하고 더 좋은 일이라는 것 아니냐? 내 말이!"

결국에는 돌고 돌아서 또 제자리였다. 부녀지간의 끝도 없는 맴돌이를 지켜보느라고 늙은 어머니는 어지럼증이 도질 지경이었다. 지독한 초년고생 탓인지 진작에 굳어져 버린 남편의 외골수 고집을 알다가도 다 이해하지 못하는 자신이 원망스러웠다. 그것은 피는 속이지 못하는

지 혈육 앞에서라고 절대로 자신의 주장을 꺾거나 굽히질 않는 외동딸을 향해서도 마찬가지였다. 이 모든 것이 차라리 자신만의 탓이었으면 좋았겠다는 심정이었다.

"아이구, 이 년의 팔자야! 내가 골이 깨진다. 깨져!"

왼쪽 귀의 뼈가 미세하게 웃자라서 시시때때로 신경을 자극하는 증세를 달고 살아온 아내이자 어머니는 요즘 들어 부쩍 두통에 시달릴 수밖에는 없었다. 생각 외로 복잡하고 어려운 수술까지는 받을 정도가 아니라는 의사들의 말만 믿고 그때그때 진통제로 다스려온 한평생의 통증이었다. 그랬었던 것이 두 도시의 통합을 둘러싸고 부녀지간의 의견이 첨예하게 갈리고 맞서면서는 무시로 도지기 시작하였기 때문이었다. 어떤 처방전보다도 이번 사태가 깨끗하게 마무리되는 것만이 즉효일 터인데 그것은 참으로 요원해 보였고 사실 난망이기도 하였다.

"엄마, 또 머리가 아프세요? 괜히 저 때문에……."

"옆에 앉아서 괜히 말참견하지 말고, 거 약 한두 알 먹고 들어가서 누워 쉬라고! 아무리 그래도 애비하고 딸이 서로 언성을 높여 가면서 대판 싸우기까지야 하겠어?"

자신의 칭병이 언성 높여질 일을 잠정적으로 막아서기는 하였으나 그것은 말 그대로 시한부 휴전일 뿐이었다. 애틋한 딸의 바람대로 통합이 기적적으로 무산되더라도 이후 남편이 눈을 감을 때까지 온종일 이어질 불평 소리에 골치는 몇 배 더 아파야 할지 모를 일이었다. 아버지의 뜻대로 통합이 완수된다고 하더라도 일자리는 물론 앞날까지도 보장받기 어려워질 딸네 걱정에 자신이 죽을 때까지 골머리를 썩여야 할지도 모를 일이었다.

"그러니까 통합이 되든 말든 눈치 볼 것 없이 네 남편보고 여기 노에지드 시티로 건너와서 새로운 일을 시작하라고 하란 말이다. 괜히 활동이니 공직이니 하는 것들에만 눈독 들이지 말고."

"아버지는 그이가 무슨 눈독을 들인다고 그러세요. 대학교도 졸업하기 전서부터 줄곧 해온 일이다 보니까 다른 일들은 생각할 겨를이 없어서 어쩔 수 없이 매달리고 있는 형편이었는데요. 그리고 새 일을 하기에는 그이나 저나 적은 나이도 아니에요."

"그러니까 더 나이 먹기 전에 평생 밥도 못 먹여 줄 허황한 꿈에 취해서 그러지 말고 돈이 되는 일을 하라는 거 아니냐? 하다 못 해 공장이라도 돌리면 망할 일은 없어!"

노에지드 시티로 건너와서 공장에서 잔뼈가 굵은 아버지는 생산성이니 실물경제니 하는 용어는 몰라도 무언가를 만들어 낼 수단이나 기술만 있다면 어떻게든 살아갈 수 있다는 신념을 굳게 되었다. 그것은 어릴 적 고향에서 자신에게만 유독 결핍되었던 비옥한 농토 대신과 같은 것이기도 하였다. 그리고 그 살아 있는 경험을 딸에게도 깨우쳐서 꼭 쥐여주었으면 하였다.

"아니, 동업하던 사장이 당신 말대로 공장을 전부 넘겨주기라도 하겠다고 약속이라도 했어요? 당신이, 아니 우리 사위가 맡아서 이어간다면 흔쾌히 그럴 거 같다는 게 빈말은 아니었나 보군요?"

"공장을 넘겨받다니 그게 무슨 말씀이에요? 그것도 배운 기술 하나 없는 우리 그이가 맡아서 한다고요? 꿈에도 생각 못 한 일일걸요. 엄마, 아니 아빠! 어떻게 그래요?"

어린 딸은 어느 순간부터 아버지가 묻혀서 들여오는 기름때와 냄새가 역하게 느껴졌었다. 그로 인하여 자신이 풍족하지는 못할망정 앞으로도 안정적인 삶을 살 수 있으리라는 사실을 익히 짐작할 수 있었는데도 그랬다. 그때부터 커서 아빠와 같은 사람하고 결혼할 거라는 말도 꺼내지 않게 되었다. 대신 세련된 분위기에도 말할 때마다 남자다움을 감추지 못하는 지금의 남편 같은 사람들을 좋아하게 되었다. 철없을 때야 남자 아이돌 스타로 만족할 수 있었겠지만, 웬만큼 나이가 들면서 그때는 대학 선배였던 그 사람이 자신의 인생에서 놓쳐서는 안 될 운명이라고 여기게 되었다.

"선배는 이 시대의 다른 남자들하고는 다르게 아직도 진실과 정의를 드물게 믿고 있는 사람인 것 같아요."

"그거 말고는 내가 이놈의 세상에서 딴 재주가 없어서 그럴 뿐이야. 그러니 네가 나를 좋아하게 되면 너도 그렇게 될 수밖에는 없을 테니까 나 같은 부류의 삶에 자신 없으면 애초에 포기하는 게 좋을걸."

겉으로 두드러지게 하는 이야기들과는 다르게 왠지 모르게 세상을 비관하는 듯한 우수가 서글프게 깔린 남편의 말버릇이었다. 그 말은 절대 너는 나를 포기하지 못할 거라는 멋들어진 자신감으로 받아들여졌다. 그리하여 이제는 전혀 멋지지 않게 된 아버지의 반대를 무릅쓰면서도 남편의 말처럼 그녀가 그렇게 될 수밖에 없도록 만들어 주었다.

실질적으로 먹고사는 문제에는 무관심할 뿐만 아니라 실제로 무능력하기까지 한 남편에 비해서 다행히 외동딸은 아버지의 강인한 유산을 완벽하게 떨쳐내지 못하고서 타고난 생존 본능을 잘 발휘할 수 있었다. 하나 더, 다행인지는 모르겠지만 그런 남편을 더욱 무력화할 수 있는 2

세가 폐경이 지척인 듯한 이제껏 둘 사이에는 없었다.

협의회, 연대, 연합, 포럼, 커뮤니티 등 이름 끝자리는 변천을 거듭하였으나 남편이 하는 일들의 성격은 한결같았다. 그리고 속된 말로 돈 안 되는 그 일들에 돈을 대는 그녀의 헌신이랄까 고충이랄까 하는 것들도 역시 한결같았다. 콜센터, 보험, 다단계, 부동산 등등으로 점철된 그녀의 알맞게 느슨한 생활 전선은 그러나 늘 치열했고 또 빠듯하였다. 그러다가 우여곡절 끝에 당첨권을 거머쥔 지금 아두만 자치 타운의 초창기 실제 거주자용 아파트가 겨우 반전의 계기였다.

"집값이 많이 올랐다고는 해도 팔아야 돈이 남지 안 그러면 무슨 소용이 있어요? 우리 그이 성격에 하는 일이 있는데 그러자고 할 리도 없고, 또 저도 모처럼 살기 좋은 이 집을 떠나기가 싫어졌어요."

"네 남편이 이러다가 출세라도 하게 되면 이 집 한 채가 문제겠니? 장차 의원이 되고 또 시장이 되고 한다면 말이다."

"흐으음!"

어머니는 환한 미소로 아버지는 헛기침으로 흡족함을 표하실 정도였다. 마침 행정 주도 건설에서 실무를 담당하고 있던 남편 선배의 배려로 특별히 기회가 주어져서 싸게 분양받게 되었던 집이 한때 고조되던 주도 전면 이전의 기대감에 편승해서 거의 폭등 수준으로 오르게 되면서 난생처음 재산다운 재산을 지니게 된 지가 겨우 몇 년 전이었다. 게다가 덤으로 남편이 하는 일이 지역에서 오피니언 리더로서의 힘을 인정받기 시작한 것도 이제 얼마 지나지 않았다. 고진감래라고 신산 끝에 겨우 단맛을 볼까 하는 시점에 예상치도 못했던 통합이라는 일대 사변이 엉뚱하게 터진 것이었다.

　"그래도 낯선 남들에게 말하는 것을 싫어하지는 않아서 먹고 살아온 저도 저지만……, 평생 땀 흘리는 일은 해 본 적도 없는 사람이 무슨 공장 일을 한다고 그러세요? 아빠 말씀대로 거저 준다고 해도 아마 질색을 할 걸요. 되든 안 되든 아예 이참에 끝을 보려고 마음을 단단히 먹은 눈치던데요, 뭘!"

　"누가 손바닥도 계집아이 같은 네 남편더러 땀 흘리면서 제품 생산해 내라고 하겠니? 그런 건 이 애비가 다 알아서 잘 되게 해 놓을 테니까 그 좋은 머리와 언변으로 공장 운영을 맡아서 해 보라는 거지. 너도 허접한 일들을 다 때려치우고 힘을 보태면 안으로 루어스 메트로는 물론이고 밖으로는 저 나흐쿠브 주로 판매처도 늘리고 하면 전망이 그리 나쁘지만은 않은 일이다. 다만 잘 모르는 남들 눈에 험해 보여서 그렇지!"

　루어스 메트로를 전전하며 지내오던 남편이 동지들로부터 실천적인 귀농 귀촌이라는 거창한 타이틀을 얻으며 개발 이전의 아두만 자치 타운으로 이주를 서두를 때도 딸은 남편이 절대로 수고로이 땀을 흘리게 할 일은 없을 것이라고 다짐 아닌 다짐을 했었다. 주도 이전을 공약으로 진지하게 검토하고 있는 유력한 주지사 후보자 캠프로부터 사전에 입수한 정보라며 미리 내려가서 터를 잡고 있다가 자발적인 시민운동 차원에서 힘을 보태면 좋은 일이 생길 것 같다는 남편의 내심을 이심전심으로 알아챌 수 있었기 때문이었다.

　애초의 주도 이전까지는 아니었지만 우선 진행되고 있는 아두만 자치 타운의 건설로 나날이 변모해 가는 아버지의 옛 고향을 지키며 직접적인 돈벌이에는 재주가 없어도 대국적으로 판을 읽을 줄 아는 남편의 능력을 새삼 인정하게 되었다. 이런 식이라면 남편이 지금보다 더 큰 일도 맡을 수만 있다면 잘 해낼 수 있을 것이라는 믿음이 굳건해졌다. 그것은 상대를 향한 존경심을 넘어 자신의 혜안과 올바른 선택에 대한 만족감에 더 가까웠다.

"테레비 뉴스를 보면 아직도 네 남편은 가끔씩이나마 나와서 똑같은 이야기만 되풀이하고 있으니 내가 궁리 끝에 어렵게 사장하고 미리 타협을 봐 놨으니까 잘 생각해서 내 말대로 하라고 그래라!"

"그래! 아버지 말씀대로 하면 당장에 밥줄 끊어질 일은 없을 거다. 그전에는 듬직하고 힘차 보이던 사람이 갈수록 기운이 떨어져 가는 게 내 눈에도 다 보일 지경이니……."

오늘도 남편은 아두만 자치 타운의 주 행정부 콤플렉스 정문에서 몇몇 사람들과 모여 서서 시위를 이어갔을 것이다. 대체로 현실적이고 절실한 것들과 거의 마찬가지의 비중으로 한없이 공허해서 더 간절한 구호들도 같이 외치면서 말이다. 이곳 친정에서 배불리 저녁을 얻어먹고 앉아 있는 자신도 느낄 수 있는 것을 현장의 남편은 더 잘 절감하고 있었을 것이다.

타운과 시티의 무분별한 통합에 절대 반대한다!
지역 자치 무시하는 주지사와 의원들은 반성하라!
수도 없이 약속한 주 대법원의 이전을 전격 실행하라!
주도 건설 십 년 대장정의 최종 완성은 주의회 이전으로!

공교롭게도 뒤로 갈수록 한 음절씩 길어지는 구호들 탓이었을까? 언제나 끝까지 남편의 목소리는 일관된 톤과 성량을 유지하지 못하고 있었다. 엄밀하게는 자신의 장래를 포함한 모든 것이 걸려 있다고 하여도 과언이 아닐 텐데 좀처럼 힘을 내지 못하고 있었다. 그래서 마음만이 아니라 몸도 함께 하고 싶었으나 부모에게 도움을 청하는 것이 급선무라는 생각에 다 늦은 저녁인데도 이렇게 달려와 있는 것이었다.

그랬었는데, 한편으로는 아무리 혈육이지만 어렵사리 아쉬운 소리를 하는 것보다는 아버지의 뜻에 따라 보자고 남편을 설득하는 것이 오히려 더 낫지는 않을까 하는 유혹에 잠시 흔들리기도 하였다. 그러나 극과 극을 치닫는 삶의 변화에 당사자는 물론 자기 자신마저도 엄두가 나질 않을 것 같아 처음 생각처럼 일단은 부딪쳐 보는 수밖에는 없다 싶어졌다. 그것은 그녀가 새삼 생각하기에도 실로 놀랍고도 대담한 승부수였기에 그러하였다.

"듣고 나니 그렇게까지 아버지가 저희를 생각해서 미리 알아봐 주신 것은 고마운 일이긴 한데요, 이번 한 번만 그이 뜻대로 해 보고 나서 그 말씀을 따르더라도 따르도록 하면 안 될까요?"

"사정이 이렇게까지 된 마당에 무슨 뜻이 있고 다른 계획이 있어? 일단은 제 살길부터 찾고 나야지!"

"사실은 그게……, 이번 주지사 선거에 나서서 할 수 있는 데까지는 노에지드 시티와 아두만 자치 타운의 통합을 막아보고 싶다는 것이 그 사람의 의지예요. 저도 그렇게 해서라도 행정 주도는 지켜야 한다는 생각이고요."

"아니, 애야! 일전에 얘기했던 시장도 아니고……, 글쎄 주지사라고?"

"……?"

그 사이 아내와 딸의 교감에서 소외되었다는 쓸쓸함에서 시작된 아버지의 침묵이 놀라움으로 번지면서 더욱 길어져 갔다. 그러나 그 끝은 역시 애틋한 혈육을 향한 걱정스러움이었다.

"주지사라면 옵니즈 당에서 새로 나온다는 사람은 어떡하고? 누가 나오나 마나 이번만큼은 우소브 당 후보한테 도저히 상대가 안 될 텐데?"

"아빠는 그 사람이 언제 옵니즈 당에 가입한 적이 있다고 그러세요? 그래서 무소속으로 나와도 아무런 상관이 없어요. 그래도 친하게 지냈던 그쪽의 몇몇 사람들에게는 미안한 일이기는 하겠지만요."

자치 타운과 시티의 통합을 적극적으로 추진하거나 용인하겠다는 두 당의 후보와는 대척되는 지점에서 교육지책으로 주지사 선거 출마를 저울질하던 남편은 결국 무소속을 선택할 수밖에는 없었던 것이었다. 제 1차적인 공약으로 행정 주도라도 사수해서 지역 분권의 확립을 통한 나흐만 주의 균형적인 발전을 내세워야 하는 처지는 그만큼 변별되는 점이 뚜렷하기는 했지만, 또 그만큼 외로운 목소리일 가능성도 컸다. 그 외로움을 달래줄 사람이 가족 말고는 누가 따로 있을 것인가?

"그래 무소속이든 뭐든 제 맘대로 출마는 한다고 쳐도 그 뒷감당은 어쩌려고 그런다니? 돈은 또 얼마나 들어갈려구?"

"우선은 급한 대로 저희 아파트라도 담보로 대출을 받아야겠지요? 엄마! 그래도 부족할 것 같으면 아버지가 좀 도와주셨으면 해서 이렇게 달려온 거예요!"

"……!"

딸은 확실한 근거를 댈 수는 없겠지만 당선 확률은 반반이라고 믿고 있었다. 국지적으로 자치 타운이나 시티의 시장이라면 현실적으로 가능성이 희박하겠지만 주 전체의 판단은 다를 수도 있다고 여기게 된 것이었다. 균형과 견제라는 차원에서 인구 백만에 육박하는 대도시가, 그것도 주의 중심부에 생겨난다는 것을 달가워하지 않을 유권자들도 더 넓은 나흐만 주 안에는 적지 않을 터였다. 그러나 가장 가까이에 있는 반대 세력인 아버지를 설득하는 일이 급선무였다.

"선거 자금도 자금이지만 우선 이번만큼은 저희 편을 들어 주셔야 해요. 우습게 들리실지도 모르겠는데 우리한테는 이게 죽고 사는 것보다 더한 문제예요."

"세상에 죽고 사는 것보다 더한 게 어디 있어? 그러니까 다 그만두고 나랑 같이 일이나 하자고 하라니까?"

"여보! 쟤들이 저렇게까지 이야기하는데 당신도 생각을 좀……."

아내는 남편의 미간이 패이듯이 찌푸려지는 것을 보고 말을 멈추었다. 계속해서 그렇게 인상을 쓰고 있을 수만은 없듯이 딸네를 향한 마음이 완강하게 닫혀 있지만은 않을 것임을 알아차렸기에 그럴 수 있었다. 겉으로는 거리감이 느껴지는 퉁명스러운 말투로 일관하고는 있으나 아버지는 진심으로 어릴 때와 다름없이 하나뿐인 혈육에 대한 애착을 숨기지도 못하고 있음을 어머니는 뻔히 알고 있었다.

지금 그는 딸네가 실패하였을 최악의 경우를 가상하여 일종의 도상 훈련을 하고 있는 중이리라. 그러니 선거에 필요할지도 모를 재정적인 지원은 물론 능력 범위 안에서이기는 하겠지만 이미 반승낙을 한 셈이나 진배없었다. 만에 하나 딸네가 빈털터리가 되어도 다소 낡기는 하였

하 불 트 디스 시티

으나 결코 옹색하지 않은 이 집으로 그들을 끌어들이는 것이 오히려 나을 수 있다는 타산도 이미 끝냈을 것이다. 그것은 그들을 정치적으로는 통합 노에지드 시티의 시민으로 만들면서 동시에 자신의 품 안으로 보듬어 들이는 일거양득의 결과를 초래할 수도 있었다.

"대신에 지든 이기든 선거가 끝나고 나면 이 애비의 뜻대로 하겠다는 약속을 단단히 해야 한다. 불러 보았자 지금 당장 달려올 사람도 아니겠지만 너라도 그렇게 하도록 시키겠다고 말이라도 해 달라는 얘기다. 지금!"

"아빠는 왜 싸우기도 전에 마치 질 것 같다는 생각을 먼저 하고 계시는 거예요? 구체적으로는 그이 말을 자세히 들어 보아야 제대로 알겠지만 주지사는 아직 아무도 몰라요. 리서치 결과도 실제로는 통합에 찬성하는 두 당의 후보가 나누어 먹고서도 남는 표가 꽤 되는 걸로는 나왔으니까요."

"여기 고향 사람도 아닌 네 남편이 정말로 떡하니 높은 자리에 오를 수도 있다는 말이니? 말처럼 그렇게만 된다면 더는 네가 고생을 하지 않아도 될 테니 오죽이나 좋은 일이겠니?"

딸과 아버지처럼은 평생 정치적 성향이 뚜렷하게 형성되지 않은 어머니는 어떻게 보면 가장 실용적으로 사안을 받아들이는 편이었다. 처음에 남편의 말만 들었을 때에는 노에지드 시티가 아두만 자치 타운을 흡수 통합하게 되면 두루두루 좋을 줄로만 알았다. 일단은 살고 있는 집값이 오를 거라는 데에 솔깃해하지 않을 수 없었다. 그것은 심리적으로나마 노후가 더 탄탄하게 보장될뿐더러 외동딸에게 물려 줄 보따리가 보다 그득해짐을 의미했다.

그러다가 딸의 하소연을 접하고 나자 자신이 애초에 먹었던 생각들보다 앞서는 걱정거리가 더 많음을 비로소 깨닫게 되었다. 가장 큰 것은 딸네의 진로였다. 지역에서 활동가로 입지를 다지던 사위의 자리가 굳기도 전에 무너질지도 모른다지 않는가? 게다가 노에지드 시티에 비해 과대 평가되어 비정상적으로 올랐다는 딸네의 아파트 가격이 거품 꺼지듯이 빠지게 될 것이라는 지역 민방을 비롯한 로컬 뉴스도 여간 거슬리는 게 아니었다.

그런데 정신을 차리기도 힘들게 남편은 사업을 같이하면 된다고 채근인데 딸은 언감생심 주지사 자리를 입에 올리고 있질 않은가? 자신의 짧은 소견으로는 어느 것이 실현 가능성이 더 크고 또 현실적으로 이득인지 가늠이 되지는 않았지만 이거 하나만큼은 확실해지는 느낌이었다. 뭐가 되었든 죽지는 않겠구나! 결과에 따라서 남편과 딸의 반응이 극명하게 나뉘겠으되 종국에는 자신은 큰 걱정거리를 짊어지지 않아도 되는 거였다.

"아버지가 말씀하시는 대로 따르겠다고 해라! 이번 한 번만 너희들 하고 싶은 대로 해 보고 그래도 되질 않으면 죽이 되든 밥이 되든 아버지 하자는 대로 하겠다고 말이다. 그래야 너희를 도와주시더라도 도와주실 것 아니냐?"

"……"

"어서, 대답을 해! 그리고……, 당신도 애가 인제 잘 알아들은 것 같으니 꼭 확실한 대답을 바라지 말고 그냥 부모 된 도리에서 일단 내 그러마! 하고 승낙을 하세요! 잘되면 주지사 장인에 잘못되어도 그 나이에

28
비
봉
트
리
노
시
티

젊은 사위랑 동업을 하게 생겼는데요, 뭘 그러세요!"

정치적 지향이니 대의명분이니 하는 따위들을 벗어나서 생각해 보니 사안의 본질은 오히려 단순하고 명료하게 다가왔다. 나에게, 그리고 우리에게 유리한 방향으로 받아들이고 대처하면 그것이 최선인 것이다. 특히나 지금처럼 혼돈이니 격변이니 하는 단어들이 남발되는 시기에는 더욱더 그러하였다. 결국, 이기주의와 실용주의는 한 몸일 수도 있는 것이었다. 고집스럽게 자신만의 논리에 침잠하느라고 딸과 아버지가 놓치고 있었던 솔직한 진실을 얽히고 매인 데 없는 어머니가 까뒤집어 놓은 셈이었다. 그래서 위대한 모성이었을까?

"어쨌거나 다 잘되어야 할 텐데! 아버지도 그렇고, 너도 그렇고, 게다가 앞으로 제일 고생이 많을 네 남편은 더더군다나 그럴 테고! 그런데 늦지 않았니? 어서 가서 그러지 않아도 힘들고 바쁜 사람 곁에 있어 주어야지?"

"어머, 그렇네요! 벌써 시간이 이렇게나 되었네요. 그러지 않아도 그이가 오늘 저녁에 출마 선언과 관련해서 방송국하고 신문사 기자들하고 모임이 있다고 그랬으니까 저도 가 보아야겠어요. 엄마! 그리고 아빠! 저 갈게요. 도와주셔서 고마워요!"

"그래! 조심해서 가거라! 네 남편에게도 힘내라고 안부 전하고……."

"어쨌든……, 내가 생각은……, 해 보마! 어서 더 어두워지기 전에 저 강을 건너가거라!"

딸은 노에지드 시티와 아두만 자치 타운을 길고 크게 가로지르는 크리스 강 위에서 그래도 가장 장대한 사장교 하나를 건너며 잠시 하릴없는 상념에 사로잡히게 되었다. 피를 나눈 부녀지간에도 지향하는 바가 서로 다르다는 이유 하나만으로도 그간 서먹해질 수 있었다는 사실이 신기하기는 했었다. 그러나 그러면서도 어느 한순간에 공교로운 합치점이 발생한다면 그로 인하여 잠정적으로나마 같은 편이 될 수도 있다는 점 역시 평범한 것은 아니었다.

아니, 어떻게 생각하면 남편을 포함해서 자신과 아버지만 유난히 그런 생각으로 그렇게 살아왔거나 살아 보려고 아글타글 헛짓거리를 하였나 보았다. 수십 년간 같이 활동해 온 동료들과 척을 질지도 모를 이번 선택을 하면서 남편만큼은 아니었겠지만, 자신도 그만큼 고민이 컸었기에 이런 생각이 오히려 강하게 들기도 할 것이다. 한 번 더, 그 어느 누구와도 끝까지 함께 할 수 없게 만드는 미묘한 상황 논리라는 것을 탓하는 수밖에는 없었다. 그리고 이왕에 갈라서기로 한 바에야 앞으로 자신들의 선택이 더 정당했음을 당당히 입증해내야만 하였다.

"이 다리를 앞뒤로 해서 두 도시 모두 휘황찬란하기는 마찬가지네! 그래 대부분은 그렇게 불나방들처럼 자신들이 좋아하는 불빛을 좇으며 살아들 가고 있을 거야. 그건 우리 인간만이 표나게 내세우는 이성이나 명분과는 다르게 더 강력한 생존 본능에 따르는 한결 솔직한 일일는지도 몰라!"

언젠가 이 다리를 함께 건너며 남편이 회한에 잠겨 툭 하니 던진 말과 비슷한 독백을 딸은 따라서 하고 있었다. 수만, 혹은 수십만의 사람들이 매일 같이 넘나들고 있을 이 크리스 강 양쪽의 삶도 저 위 조물주의 시점에서는 한낱 벌레들의 그것보다 더 나을 것도 없어 보일 것이다. 그래 이번만은 신의 섭리에 모든 것을 맡기고 살기 위하여 최대한 버둥거려 보는 것이다. 이건 누가 옳고 그르고의 복잡한 문제는 아닐 테니까.

때마침 자동차 안의 라디오에서는 단조로운 아다지오 한 자락이 연주되고 있었다. 쓸데없는 감상에서 벗어나는 데에는 치열한 삶의 현장으로 채널을 전환하는 것 말고는 달리 뾰족한 수가 있을 리가 없었다. 나흐만 주 내 양대 건설사 중 하나가 지배 주주로, 노에지드 시티에 거점을 두고 있는 지역 민방의 저녁 프라임 뉴스가 텔레비전과 동시에 한창 진행 중이었다. 바야흐로 지방 선거철을 맞이하여 지역 현안과 정치 분야 뉴스가 주를 이루고 있었다. 그 가운데에는 자신의 남편과 관련되는 듯한 것도 있었다.

…… 전격적으로 옵니즈 당에 입당하여 당의 주지사 후보를 지지하겠다고 밝혔습니다. 이로써 그간 범진보 진영 내 일각에서 강력하게 거론되던 제3의 대안 세력으로서의 무소속 출마는 찻잔 속의 태풍으로 그치게 되고 만 것입니다. 아울러 노에지드 시티와 아두만 자치 타운의 통합이 거의 기정사실로 굳어지면서, 이번 선거 결과에 따라서는 향후 나흐만 주와 나흐쿠브 주의 통합 논의마저 비약적으로 급물살을 타게 될 전망입니다. 결국, 우리 지역으로서는 단순한 행정 주도에서 명실상부한 주도로의 전면적인 지위 정립은 한 치 앞을 내다볼 수 없는 짙은 안개 속을 무작정 표류하게 된 상황! 이번 선거에서 지역민의 최종 선택이라는 향후 귀추가 주목됩니다. 한편, 우소브 당 지부는 두 사람 사이에 모종의 정치 권력적 밀약이 매우 강력하게 의심된다면서도 시급한 대책 마련에 부심하는 ……

한 장 한 장 꾹꾹 눌러서

여기에서는 마지막이 될지도 모를 이번 납품 본들은 전부 합쳐도 백 부를 넘지 않는 비교적 소량이었다. 그러나 게 중에는 쪽수가 제법 나가는 것들도 있어서 평상시와 비교해서 작업량에는 큰 차이가 없었다. 그런데 담당자는 그전과는 다르게 인쇄나 제본 상태 등을 꼼꼼히 확인할 기색을 보이지 않고 있었다. 채 개봉되지 않은 상자가 당분간은 대기하여야 할 자리라는 듯 자신의 낡은 책상 아래쪽을 향하여 거기다 내려놓으라는 듯이 눈짓을 한번 하고 나서, 곧바로 다시 그 눈을 들어 상대를 물끄러미 바라볼 뿐이었다.

"사장님은 어떻게 하실 거예요? 한 다리예요? 양다리예요?"

"글쎄요? 과장님! 저야 뭘, 처지가 어디 우리 과장님하고 같은가요?"

"다를 건 또 뭐가 있겠습니까? 어떻게 보면 저보다 나으시지요."

"그럼 과장님도 우선 혼자서 내려가시는 방향으로 정리를 하고 계신 건가요?"

"글쎄요? 제 형편에 두 집 살림씩이나 하는 것도 그렇고……, 그렇다고 매일매일 통근을 하는 것도 그렇고……, 좌우지간 고민이 많습니다. 그래도 나보다는 애들을 먼저 생각해야 되겠지요? 이제 내년 봄이면 곧 큰애가 처음으로 대학엘 들어가야 하는데 아무래도 그 촌구석까지 데리고 내려갈 수는 없는 노릇 아니겠습니까?"

이 양반은 이미 양다리를 걸치기로 마음을 정했구먼그래! 그래도 양쪽을 다 디딜 만은 하니까 그런 마음이라도 먹어 볼 수 있는 거 아니겠어? 사실 따지고 들자면 나보다는 훨씬 여유가 있는 셈이니까……. 그래서 저나 나나 처지가 다르지 않다는 말은 자기보다 더 아픈 사람 앞에서 엄살이나 피우는 괜한 앓는 소리에 불과할 뿐이야. 아니, 내가 더 낫다고도 그랬던가?

오랜 기간 거래를 터온 사이인데도 인쇄소 사장은 방금 과장의 말이 예사로 들리지를 않았다. 특히나 자기 아이가 분명 목돈이 많이 들어갈 대학 진학을 목전에 두고 있다는 지극히 개인적인 걱정거리의 솔직한 토로가 여러모로 신경이 쓰였다. 무엇보다도 경험상, 그리고 상식적으로 그럴 리가 없다고 생각하면서도 쓸모 있게 인사를 좀 차려 달라는 은근한 압력으로 자신에게는 받아들여지는 것을 어쩌지 못하였기에 우선은 그러하였다. 아닌 게 아니라 요즘 때가 때이지 않은가?

그러면서도 한편으로 그보다 더 가슴 한구석이 뻐근하게 저리어 오는 까닭은 아직은 많이 어린 막내딸 탓이었다. 인쇄소 사장 자신과는 열댓 살 이상 터울이 질 것 같은 담당 과장이 한 걱정 중인 첫째와 학년은 같은 졸업반인 그 아이 역시 대입을, 그것도 루어스 메트로 소재의 양대 명문 사립대 중 하나를 목표로 하고 있었다. 평상시의 제 말이나, 엊그제 어렵사리 만나 본 입시 지도 전문 교사의 말이나가 한결같이 그 가능성이 3분의 2, 이해하기 쉽도록 퍼센트로는 70 이상은 된다니까 좌우지 간 온 가족의 이주는 원천적으로 불가능한 상황이었다. 눈앞에서 어른 거리는 제 몫의 맛난 먹잇감을 두고 돌아서는 바보 같은 포식 동물들이 이 세상천지에 어디 있을 것인가?

이게 다 그놈의 주돈지 행정 주돈지 하는 아무짝에도 쓸모가 없었던 허깨비 찍어내기 때문이야! 그래도 설마 설마 했었는데 진짜로 일이 이 렇게 닥치고 나니 도무지 갈피를 잡기가 쉽질 않아. 그냥 다 포기하고 여기 남아야 하나? 낯설고 물설어도 기어코 따라나서야 하나? 아니면 나까지 닿지도 않을 양다리를 길게 걸쳐야 하나? 팔자 좋은 누구처럼 말 이야. 일생을 루어스 메트로 울타리 밖으로 나가서 살아본 적이 없는 우 리 부부도 부부지만……, 앞으로 대학만 잘 마치게 되면 이곳에서 편안 하게 직장 잡고 결혼도 해서 아들딸 낳고 살아갈 우리 애들한테도 좋은 게 좋은 거 아니겠어!

그러고 보니 자기 자신도 이미 양다리를 걸치기로 작정을 한 셈이나 진배없었다. 그것은 과장과 마찬가지로 한 치의 어긋남도 없이 좁은 틈 이라도 하나 비집고 살아가기에 누구에게나 벅차다는 이 루어스 메트로 에서 장차 새끼들을 위하여 내린 결단이었다. 그네들이 스스로 주어진 삶의 터전을 지키기에 조금이라도 유리하도록 아비가 된 도리에서 버틸 대로는 버텨 보겠다는 마음에서 그러기로 한 것이기 때문이었다.

"저도 곧 과장님을 따라가게 되면 예전처럼, 그리고 여기에서처럼 잘 좀 챙겨 주십시오. 당분간은 인쇄소는 그대로 이곳 루어스 메트로에다 두고 제가 부지런히 왔다 갔다 하다가 좋은 자리가 나면 금방 옮기겠습 니다."

"사장님! 지금 그렇게 한가한 얘기 하실 때가 아닙니다. 오늘낼이라도 당장 우리 주 청사가 이전을 완료하게 되면 일종의 현지화 전략으로 그곳에 있는 업체들을 우대해서 계약해 가면서 제반 업무를 추진하라는 방침이 공문으로도 시달이 되었어요."

"그게 그렇게 말처럼 쉽게……, 아니 문서에 찍혀져 나온 글자대로 착착 돌아가겠습니까? 달랑 관공서 건물 몇 개 들어선 그 허허벌판에 뭐가 있다고 말이죠?"

"맞아요! 당장은 허허벌판이지요. 그리로 내려가게 되면 당장에 우리가 먹고 자고 할 숙소도 부족한, 원래 뱀처럼 길쭉한 청사 건물의 아직은 한쪽 꼬리밖에는 없는 곳이지요. 그러니까 우리 주에서도 특별히 여러 가지 이주 지원 대책이라고 내놓고 있는 것 아닙니까?"

당장은 아무것도 없다는 그곳에다가 아무리 특별이 아니라 그보다 더한 특단의 대책을 내놓는다고 해도 별 뾰족한 수가 있을 리가 없을 텐데……. 하여간 이 사람들이 하는 일이라고는 탁상공론, 아니지! 문서상의 공론밖에는 없다니까? 기껏해야 하루 왕복 서너 시간씩이나 되는 장거리 출퇴근용 버스를 지원해 주는 수밖에는 말고 따로 뭐가 더 있겠어? 가만, 그러면 그거는 엄밀히 말해서, 매일같이 아침저녁으로 왔다 갔다 하느라고 힘은 조금 들겠지만 결국은 여기 루어스 메트로에서 한 집 살림만 해도 되니까 양다리가 아니라 한 다리인 건데…….

"사장님! 거기 잘 안 가 보셨지요? 아마 가셨더라도 제대로 둘러보지도 않으셨겠지요? 원래 우리 루어스 메트로에서만 오래오래 산 사람들이 그렇잖아요? 좌정관천 격이라고 시골은 으레 다 그러려니 해서 대충대충 보이는 것만, 아니면 보고 싶은 것만 보게 되잖아요?"

"거기에 뭐 볼만한 게 또 있던가요? 건설 현장 아래쪽 너머로 저 멀리 흘러가는 강물 말고는 제대로 된 야트막한 산 하나 없는, 그전에는 그냥 논인지 밭인지 농사나 짓던 들판 같던데요."

"그게 잘 알려진 크리스 강이잖아요. 들어 보셨죠? 우리 나흐만 중부의 젖줄, 유유자적, 어쩌고……, 하는 그 이름!"

"루어스 메트로를 동서로 가로지르는 요 나흐 강만큼은 아니지만 유명한 강 아닙니까?"

특단의 대책이라는 게 그 크리스 강 위에 임시로 선상 주택이라도 띄우자는 건가? 지금 나흐 강에 둥둥 떠 있는 인공 섬들 모양으로? 배를 처음 타면 뱃멀미를 하듯이 너무 오래 타고 생활하면 땅 멀미를 할 수도 있다던데……. 그래서는 어떻게 그 땅에다가 두 발 딛고 우리 주의 살림을 책임지는 중요한 업무들을 맡아서 할 수 있겠나? 가뜩이나 옮겨가고 나면 당장 그날부터 해야 할 일들이 더 많이 늘면 늘지, 절대로 이거다 저거다 가려 가며 대충대충 할 수가 없을 텐데. 그런데 이거 내가 너무 쓸데없이 엉뚱한 걱정을 해대고 있는 것 아니야? 내 밥그릇에 지금 석 자도 넘는 남의 콧물이 막 떨어져 내리게 생겼는데 말이야.

"그 강 너머 가까이에 바로 노에지드 시티가 있잖아요. 그것도 우리 주 안에서 서너 손가락 안으로 꼽히는 제법 큰 규모의 도시로……. 차로 한 이십 분 안쪽이면 닿을 수 있는 그곳을 당분간 활용하라는 거죠. 주 청사 부근에 제반 인프라들이 들어서기 전까지는 말이죠. 직원들의 주거뿐만이 아니라 각종 협력 업체까지도 말이에요."

"제가 듣기로는 노에지드 시티 주민들 가운데에는 주 청사 이전을 반대까지는 아니어도 탐탁지 않게 여기는 사람들도 꽤 많다고 하던데 그렇게까지 하는 것은……?"

"그러니까 당분간이라는 거 아닙니까. 저번 출장 때 시간을 내어서 건너가 보았더니 생각했던 것보다는 집값이 비싸기는 하지만 그래도 어디 우리 루어스 메트로에다 비하겠습니까? 그리고 생각보다 있을 것들은 웬만큼 다 갖추어진 도시더라구요. 그러니까 위에서도 지역의 여론이니 뭐니 다 알아보고 거기에서 그나마 얼마간의 예산이라도 풀 수 있는 협력 업체들을 우선적으로 구하라는 거 아니겠습니까? 하다못해……, 그깟 인쇄소 같은 것마저도……."

"하기는 사람 사는 곳에 그깟 인쇄소 같은 것이 없는 데가 어디 있기나 하겠습니까? 괜찮습니다. 과장님!"

절대로 하다못해이거나 그깟이거나 하는 따위의 수식어가 붙어서는 안 될 인쇄소라는 점은 사장 본인만이 알고 있는 사실이 아니었다. 제풀에 놀라 흠칫 말을 멈춘 담당 과장 역시 오랜 수주처 대표에게는 그것이 어떤 의미인지 모르려야 모를 수가 없는 곳이었다. 워낙 자신의 처지가 다급해져 있다 보니까 그만 실언이라도 나오게 된 꼴이었다. 그런데 당연히 상대에게 미안한 마음이 들면서도 그 다급함이 전혀 줄어들질 않고 있는 자신의 심사를 또 어쩌지는 못하겠다는 듯한 난처한 표정을 풀지 못하고 있었다.

"사실 아무리 눈을 크게 뜨고 두리번거리며 찾아보아도 어디, 일이야 우리 사장님의 그 인쇄소를 따라올 데가 이 나흐만 주 안에 없겠지만 말이에요!"

마지막으로 좁고 어두컴컴한 낡은 사무실을 쭈뼛쭈뼛 빠져나가는 자신의 뒷전에 대고 위안 겸 사과 겸 던지는 과장의 인사치레도 이제는 실

질적으로 아무런 도움이나 별 소용이 되지 않을 것임을 인쇄소 사장은
잘 알고 있었다. 앞으로 모든 것은 오로지 자신의 두툼하고 거친 두 손
아귀에 쥐여 있을 뿐인 것이었다. 어쩌면 일찌감치 여기까지에 혼자서
이르게 되어 있었던 것처럼 그리로 가든 말든 그것은 온전히 자신만이
결정할 수 있는 몫이어야 하였다.

사장은 자신이 이 나라의 근대화든 선진화에 일익을 담당하였다는 다
소 상투적인 표현에 별 거부감이 없었다. 만족할 만큼 배우지는 못했어
도 어려서는 잉크를 묻히고 젊어서부터 활자를 만지작거려온 자신의 삶
을 사적으로 공적으로 평가할 수 있는 말로는 그리 나쁘지 않다고 여기
게 되었던 까닭이었다. 지금이야 고사양의 컴퓨터와 컬러복사기, 그리
고 최신식의 인쇄기, 절단기, 제본기 등을 있는 대로 갖추어놓고 그전에
비하자면 수월하게 밥벌이를 하고는 있는 편이지만 그러기까지의 과정
이 가히 놀라우리만큼 변화무쌍했던 것도 사실이었다.

평평한 오프셋이니 수지에서 연판까지의 올록볼록한 활판이니 해서
대충 뭉뚱그려진 지난 세월보다는 맨 처음 인쇄랍시고 눈을 뜨게 해 주
었던 등사기를 잊지 않고 더 자주 떠올리는 것도 그런 연유에서였다. 격
자무늬의 철판 위에 파라핀이 매끄럽게 살짝 코팅된 반투명의 등사지를
올려놓고 적당히 철필로 꾹꾹 눌러 쓸 때 느껴지는, 당시 흔한 일본말로
이른바 가리가리한 이물감이 솔직히 신기했었다. 더 나아가 조금만 과
장을 하자면, 맨 처음에는 검정 잉크를 누런 갱지에보다 양손에다 더 짙
게 묻히게 하였던 그놈의 육중한 롤러가 굴러다니던 낡은 비단 등사판
도 새롭기는 마찬가지였다.

"우리 형제님이 그러고 있는 모습을 볼 때마다 꼭 기술자 같다는 느낌을 받게 되는군요! 우리 주님의 소중한 말씀을 끝도 없이 이 세상에 전파하려고 나선 젊은 선지자 같기도 하고."

"자네는 어디서 그렇게 고르게 글자가 찍히도록 힘을 조절하는 법을 배웠나? 나이에 비해서 획수 하나하나가 우리 선생들 못지않게 어른스럽기도 하고……. 게다가 영어 알파벳이야 그렇다고 해도 그 정도면 한자도 천자문 이상은 뗀 솜씨가 분명해!"

사장이 주보 발행을 담당하며 중학교 입학하고 나서부터 2학년까지만 다녔던 장로교회의 젊은 전도사도, 중학교 졸업 후 사환으로 특채되어 입영 직전까지 뜻밖으로 길게 재직하였던 모교의 은사들도 하나같이 그를 칭찬하였다. 좀 더 정확하게는 당시의 조악했던 등사 도구를 굳이 배우지도 않고 능란하게 다루는 사장의 타고난 인쇄 관련 솜씨를 높이 사는 편이었다. 특히 게 중에 머리가 희끗희끗해진 몇몇 선생들은 정기고사의 원안지 일체마저도 맡길 정도로 그의 성실함과 효용성을 굳게 믿어 주기도 하였다.

사장은 군 시절에는 자신의 빼어난 재주를 마땅히 써먹을 곳이 없었다. 그것은 사장보다 좀 더 배우고 많이 유복한 집안 출신의, 반대로 실력은 훨씬 떨어지는 대대나 연대 행정병들의 차지였다. 그러나 그곳에서 드러내기에는 거의 기적에 가까웠던 그 사실을 누군가 알아차리고 그를 특별히 차출하였더라도 될 수 있으면 응하지 않을 생각이었다. 사장은 언젠가 무료했던 군 생활을 끝내는 대로 진짜로 한번 제대로 된 인쇄를 해 보리라 진작부터 마음을 단단히 먹고 있었던 차였다.

올드 루어스 메트로의 좁고 퇴락한 길거리 한구석에 길게 자리하고 있었던 소위 인쇄 골목 거의 맨 끝 집의 주인은 그 가게만큼이나 늙어 보이는 사람이었다. 딸린 식솔 하나 없이 혼자임이 분명했던 그 주인은 그 뒤로도 늙어 보이는 그 상태 그대로 더는 늙지 않고 스무 해를 넘게 인쇄기를 만지작거렸다. 어느 날 그때는 조금 젊었던 사장에게 늙은 주인은 가게를 떠넘기듯이 하고는 골목길에서 완전히 자취를 감추어 버렸다. 지금의 사장을 억지로 진짜 인쇄소 사장으로 만들어 버린 주인의 갑작스러운 처사는 별로 뒷말도 남기지 못하였다. 혹여 뒤늦게 인쇄소를 찾아오는 숨겨진 친척이 없어서도 그랬었겠지만, 그때는 사장이 주인보다 더 주인같이 가게를 꾸려나가고 있었기도 하여서 더 그랬을 것이었다.

"잉크 밥두 학식까지는 아니락두 유식은 있어야지 먹구를 살 수가 이서! 내가 찍어대구 있는 게 대충이라두 뭐라는 거 정도는 알아가지구설라무네 찍어야지 일이 그나마 재미가 있지 않가서?"

평상시 주인의 말은 많이 배우지 못한 사장에게 묘한 위안과 합리화가 되었다. 닥치는 대로 자신의 작업물 가운데 파본의 일부를 읽고 또 읽으며 무미하고 단조로운 시간을 메우곤 했던 버릇을 묵과해 주었기 때문만이 아니었다. 그렇게 해서라도 궁금한 식견을 채우려던 자신의 버둥거림이 전혀 허사는 아니었다는 증좌이기도 하였다. 사실 옹색하고 어둠침침한 인쇄소 안에서 그치지도 않고 화수분처럼 찍혀 나오는 가상의 세계는 그야말로 무궁무진, 가히 상상을 초월하는 것이었다.

○○보석 ○○○○년도 사무용 탁상 일력 표지, 부 ○○○씨와 모 ○○○여사의 삼남 ○○○군과 모 ○○○여사의 장녀 ○○○양의 경사스러운 화혼 안내

겸 청첩장, ○○○전통시장 새해 및 명절 메가 대바겐세일!, ○○감리교회 불의 심령 대성회 안내, ○○여자고등학교 총동창회 재경 회원(배우자) 명부, 나흐만의 백년 파수꾼 ○○○신문 사우회 약관 및 정기 회보집, 우리 동네 도둑고양이와 강아지 경찰의 동행 일지, 소수자의 성적 자기 결정권 확립을 위한 일 제안 – 자유 대담 분석 및 실제 사례 연구를 중심으로, ○○양행 2/4분기 수출입 동향 분석 및 차기 수주 전망, MED의 정밀 측정을 통하여 본 계절별 자외선 적정 노출량은?, 엄마와 아빠가 함께 만든 우리 ○○공주님의 상상 그림책, 개인정보보호 및 정보보안 관련 업무 편람, 복잡한 대입을 완벽하게 커버해 주는 ○○○선생님의 최강 국어 노트 초최신판, 원·구도심 활성화를 위한 도시 리노베이션 프로젝트(안), 자매도시와의 교류 활성화를 통한 루어스 메트로의 국제화 전략 방안, ○○○○회계연도 예결산 심의 요청서, 신장개업 ○○사우나! 연간 회원 우대 서비스도 전격 실시, 동남아시아 주요 3국의 수도 이전 사례 (계획)의 실무적 분석 – 말레이시아, 미얀마, 인도네시아 현지 탐방 보고서, 나흐만 새 주도 건설 건에 관한 일반 용역 보고서, (행정) 주도 안착을 위한 현지화 홍보 전략 수립 방침, 금번 ○○○여사님의 산수연을 빛내주신 모든 분들께 감사의 인사를 올립니다!, (가칭) 아두만 자치 타운 설립에 관한 주의회 제청 법률안, 아두만 자치 타운 도시 계획도 및 입주 예정 시안, ○○고등학교 3학년 8반 ○○○ 학생의 자기소개서 및 실적 관련 증빙 자료철, 등등.

일견 막힐 것 하나 없이 다채로운 일감들이었음에도 현실은 점점 한 가지 분야로 그 비중을 집중시켜 나가기 시작하였다. 그것은 일부 외부의 힘이나 운이 작용하지 않은 바도 아니었지만, 인쇄 실력을 뛰어넘는 사장의 성실함과 철저함이 자초한 결과일 가능성이 더 컸다. 소정의 납품 일자 엄수와 생산 제품의 불량률 제로! 덤으로 굳이 자신이 책임지지 않아도 되는 발주자들로부터 기인한 크고 작은 오류로 의심되는 사항들에 대한 철저한 사전 점검과 확인까지……. 그리하여 주 청사의 사람들은 사장의 이러한 작업 방식을 더욱더 선호하게 되었고, 그것을 다소 버거운 양의 일거리와 제때 제때의 정확한 지급으로 보상해 주었다.

"매우 시급을 요하는 중요한 자료이니 누락되는 페이지나 도표, 그림 등이 없도록 각별히 신경을 써 주시기를 당부드립니다. 물론 믿을 만한 관계자분의 소개로 처음 일을 맡으시는 것이니만큼 자잘한 요구 사항이 좀 많기는 했지만……, 재차 확인차 연락드렸습니다."

"지난번 보고서 건은 오탈자 일절 없이 깔끔하게 출력에 제본까지 그야말로 완벽했습니다. 그런데 이번 의뢰 건은 갑자기 일자가 앞당겨진 내부 감사에 맞추려면 아무래도 밤샘 작업을 좀 해 주셔야 할 것 같은데요……, 어떻게 괜찮으시겠습니까?"

"사장님! 보내 드린 내용은 아직 확정된 사실이 아니니까 이거 보안에 철저하게 신경 쓰셔서 최대한 빨리 완성해 주셔야 해요. 혹시 이 일로 해서 알게 되신 정보가 있더라도 매번 연초에 일괄 서명하신 대로 절대로 외부에 발설하시면 안 되고요."

사장이 지속해서 다섯 식구의 가장으로서 소임을 다하기에는 조금 빠듯했다가는 또 조금씩 웬만해졌다가 한 수입을 보장하는 고정된 고객을 확보하게 만든 요인은 정작 따로 있었는지도 몰랐다. 그는 혼자만의 유식을 위하여 인쇄 작업 중 알게 된 사실들을 그저 안으로 축적할 뿐이었다. 이게 성실이든 신실이든 그것이야말로 자신에게 주어진 밥그릇을 충실하게 지키는 근본적인 요인이라고 굳게 믿었기 때문이었다. 그리고 그것이야말로 자신이 이 세상을 버틸 수 있는 가장 굳건한 미덕이라고도 여기고 있었다.

그리하여 사장은 시시각각으로 자신의 밥줄을 조여오는 객관적인 정보들 앞에서도 그 믿음과 미덕을 양보하거나 포기하지 못하였다. 그것은 자신의 한평생을 부인하는 격이라는 생각을 떨쳐 버릴 수 없었기에 그러하였을 것이었다. 재빠르고 정확하게 일을 처리하는 무르익을 대로 무르익은 솜씨와 몸놀림을 따라가 주지 못하는 자신의 굳어버린 머리를 뒤늦게 원망했다 한들 아무런 소용이 없었을 것이다. 사장은 이전 주인 모양 루어스 메트로의 오래된 인쇄 골목의 뽀얗고 샛누런 분진을 과감하게 털어버리고 떠나기에는 자신이 이미 너무 늙었다고도, 또 아직은 좀 더 젊어야 한다고도 생각하고 있었다.

주문 신청서

규격: B5(188mm×257mm)//

부수: 20//

제본: 무선//

본문 페이지 수: 247//

내지 종류: 미색 모조/ 색상: 1도 흑백//

표지: 무광 코팅/ 디자인: 유//

성명: ○○○/ 휴대전화 번호: ○○○-○○○○-○○○○/ 우편번호: 54243/ 주소: 201-1, 크리샌더멈 스트리트, 노에지드 시티//

세금계산서 발행: NO//

납품 희망일: 없음//

첨부 파일: 울려라, 승리 없는 승전고!.pdf, 울려라, 승리 없는 승전고!.psd//

기타 남기는 말: 첨부한 표지디자인 파일을 L-Y171 바탕 용지에 살짝 올려주시기 바랍니다!//

이번에는 또 뭘 쓴 거야?

인쇄소에서 한 십 분 안쪽이면 닿을 수 있는 가까운 곳으로 멀리 돌아서 배송해 달라는 고객의 주문서를 출력해 놓고 사장은 잠시 생각에 빠졌다. 이게 일곱 번째든가? 여덟 번째든가? 평균 한 해에 두 번꼴로 간간이 소량의 인쇄물을 의뢰하는 단골 아닌 단골, 그래도 충실한 개인 고객이었다. 매번 온전한 단행본 출판이 아닌 간이 인쇄를 선택하는 것을 보니 한정된 사람들에게만 나누어 주기 위함인 모양이었다. 가족, 친구, 직장 동료, 동호회 회원들? 아니면 상상하기 쉽지 않은 누가 되었든 실제로도 수지가 맞지는 않게 언제나 너무 소량이었다.

어쩌면 주변의 반응을 살펴보고 정식으로 출판을 하기 위하여 자신의 인쇄소를 징검다리 삼고 있는지도 모를 일이었다. 나중에 이름이고 제목이고 어디서 따로 들어본 적이 없으니 아직 그러지는 못한 것 같긴 한데……. 무슨 무슨 이야기라는 단편집과 무슨 무슨 이야기가 아닌 장편을 번갈아 맡기는 걸로 봐서는 소설가를 지망하고 있거나 단순히 애호가이거나 둘 다이거나 아무래도 좋을 사람이었다. 그래도 이번에는 평상시의 두 배나 되는 스무 권을 주문한 것을 보니 나름대로는 야심작인 모양이었다.

골대 옆에다가 볼을 내려놓고는 21번이 고개를 숙이고 서 있는 표지 디자인을 보니 이거 축구 이야기잖아! 그런데 가짜야? 진짜야? 본문 인쇄상으로도 실제 유명한 축구 선수 이름들도 나오는 것 같은데. 은퇴한 우리나라 선수뿐만이 아니라 현재도 뛰고 있는 외국 선수들까지도……. 아니다! 아냐! 내가 자세히 알지도 못하는 벼라별 선수들이 다 나올 모양인가? 아하! 그래서 그랬구나! 어차피 출판은 안 될 것 같으니까 특별히 많이 찍어나 두려는 심산이었구만! 그놈의 저작권에 걸리면 배보다

배꼽이 더 클 테니까. 이런 경우는 저작권이 아니라 좀 다른 거라고 들었던 것 같은데…….

들은 적은 없고 정확하게는 어떤 일거리의 내용에서 본 이른바 퍼블리시티권임을 사장은 금방 떠올렸다. 여태껏 인쇄 밥을 먹으면서 두서없이 쌓아 올린 학식은 아닌 유식의 일종임은 분명한데 사실 쓸데는 별로 없는 법률적 개념이었다. 자신의 업종은 스스로 냉정하게 평가해서, 그 개념의 제약을 강하게 받는다는 출판보다는 한 길 아래인 어디까지나 인쇄업이었기 때문이었다. 그저 고객의 주문대로 가리지 않고 한 장 한 장 찍어 내리고 닥치는 대로 열 권 스무 권 묶어 올리기만 하면 되었다. 듣기에 그것 말고도 이것저것 신경 쓸 것이 많다는 출판보다야 한결속 편한 일이었다.

인쇄소 사장이 속 편해야 할 더한 일마저도 있었다. 이제는 다시 돌아갈 일이 없게 되어 버린 루어스 메트로의 낡은 인쇄 골목도 애써 잊었거나 미련을 버린 지 이미 오래였다. 이곳 노에지드 시티에도 그만한 크기까지는 아니지만 크고 작은 인쇄소들이 옹기종기 모여 있는 제법 연륜이 되어 보이는 거리가 있었다. 그 안의 사람들도 다들 자신처럼 나이가 들어 보이고 건물마저 퇴락한 것이 떠나온 곳을 방불케 하여 사장은 처음부터 낯설거나 서먹해 할 것도 없었다. 엄연히 경쟁 관계여야 할 기왕의 업자들도 사근사근하지는 않았지만 그렇다고 해서 텃세를 심하게 부리며 자신을 따돌리거나 경계하는 정도까지는 아니었다.

"여보! 막내한테는 하다못해 학교 앞 원룸이든 뭐든 작은 전셋집이라도 얻어주고 우리도 따라서 내려갑시다. 지 오빠들이야 벌써 작은 일자리라도 찾아서 산지사방으로 뿔뿔이 흩어졌으니까 신경 쓸 것도 없잖아요? 그래도 마저 막내 공부시키고 또 애들이 혹시라도 결혼이라도 하게 되면 부모가 돼서 모른 척할 수는 없는 노릇 아니겠어요?"

"애들도 애들이지만 나도 아직은 일을 손에서 놓을 때는 아닌 것 같아. 내가 할 줄 아는 게 잉크 묻혀 가면서 인쇄 밥 말아 먹는 것 말고 뭐가 따로 있겠어? 우리 전 사장님만큼은 아니더라도 인쇄기 돌리고 재단기 누를 힘이 남아 있을 때까지는 계속해서 이거나마 붙들고 있어야지 별수 있겠어. 그런데 당신! 평생 루어스 메트로를 떠나서 살아본 적이 없는 사람이 그 답답한 시골구석에서 정말 괜찮겠어?"

"답답하기로만 치면 그동안 당신이 더 했지요. 그 좁고 어두컴컴한 인쇄소 안에서 한평생 먼지만 잔뜩 뒤집어쓰고⋯⋯. 이참에 우리도 새로 지은 아파트에서 한번 살아봅시다. 당신도 넓고 깨끗한 사무실 얻어서 사장 노릇 제대로 해 보면 좋잖아요?"

"글쎄! 아직도, 아니 어느새 그럴 여유가 있을지는 모르겠지만⋯⋯!"

결론적으로 가족 모두를 위한 이주였다. 행정 주도가 이전을 시작하고 나서 한 해가 다 지나가기도 전에 그런 결정을 내려야 했던 가장 큰 이유는 물론 명문 사립대의 자랑스러운 신입생이 되어 있었던 늦둥이 딸 때문이었지만, 이주의 물질적 혜택은 터울 차에 상관없이 삼 남매의 자식들에게 고루고루 미쳤다고 보아야 옳았다. 그리고 애당초 이른바 탈 루어스 메트로가 목표로 했던 소기의 궁극적 성과가 사장 자신에게서 가장 현저하게 구현되고 있기에도 그러하였다.

인쇄소 사장이 이주 후 쭉 지금까지도 작든 적든 일을 손에서 놓지 않고 있어서였을 것이다. 막내딸은 고액의 교육비 등에도 불구하고 대학을 잘 마치고 어느새 직장 생활 5년 차에 접어들고 있었다. 아직 미혼인, 혹은 결혼할 의사가 전혀 없어 보이는 그 애는 가족 가운데에서 유일하게 루어스 메트로 경계선 안쪽에 잔류하고 있었다. 그것도 부모의 전셋집 일부를 물려받고 굴려서 어느새 온전히 제 것으로 만든 조촐한 오피스텔 안에서 안온하게 거주하면서였다. 이미 일가를 이룬 오빠들 역시 얼마 지나지는 않았지만 그랜드 루어스 메트로 외각에 흩어져 있는 신도시들에 각각 삶의 터전을 잡는 데에는 가까스로 성공하였다.

다만, 부모는 새 아파트도, 넓고 깨끗한 사무실 겸 인쇄소도 팔자에는 닿지 않을 듯싶었다. 처음에는 마땅한 물건이 없어서, 지금에 와서는 그럴 여력이 없어서 그렇게 되어버린 셈인데 그 덕분에 더 시골구석이거나 더 부담이 되었을 곳은 피할 수 있었다. 이게 정확하게 무슨 말이냐 하면, 고심 끝에 루어스 메트로를 떠나서 우선 노에지드 시티에 급한 대로 자리를 잡은 연후에 종국에는 행정 주도인 현재의 아두만 자치 타운으로는 옮겨가 보지도 못하고 내내 눌러앉아 있어야만 할 판이라는 의미였다.

담당 과장의 말을 따라서, 그러니까 주 청사 이전에 약간 늦게 발을 맞추어서 옮기려고 내려와 보니 그야말로 허허벌판에 시골구석이 따로 없었다. 다소 과장을 해서 장난감 블록으로 짜 맞춘 듯한 건물 몇 채와 마치 시뮬레이션 게임 속의 그래픽화한 듯한 도로들만이었다. 거기에는 비용을 떠나 사장네만을 위한 아파트도 사무실도 아직은 마련되어 있지 않았다. 웅장하고 썰렁한 신청사를 채워야 할 인력들마저도 상당수가 자의든 타의든 원거리 출퇴근을 할 수밖에는 없는 상황이었으니 어쩌면 당연한 일이었다.

그동안 어디가 되었든 주 정부를 상대로 먹고 살아온, 그리고 언제까지가 되었든 당분간은 그렇게 먹고 살아가야 할 사장은 그들의 시책을 충실히 따르는 수밖에는 없다고 생각하였다. 그것은 일이 있을 때마다 그리 멀지 않은 크리스 강을 빈번히 건너다니기만 하면 되는 것이었다. 그 강을 건너서 아래쪽으로 자리한 노에지드 시티에는 집도 인쇄소도 다 여유가 있었다. 그것도 비록 새것이 아니었고 역시 오래되고 다소 옹색하기는 하였으나 그가 손에 쥐고 내려올 수 있었던 나머지 자금 안으로 들어오는 것들로였다.

"국장님은 앞으로 정년을 다 채우시게 되면 저처럼 이 동네에서 눌러 사실 생각이신가 봅니다. 물론 크리스 강을 사이에 두고서겠지만 말입니다. 루어스 메트로의 집은 나중에 자제분들에게 공평하게 나누어서 물려주실 수도 있을 테고 얼마나 좋습니까? 사실은 저도 벌써⋯⋯."

"아이고, 사장님! 왜 그러셨어요? 죽이 되었든 밥이 되었든 루어스 메트로에 한 다리는 걸쳐 두고 계셨어야지요. 아예 물아일체든지 안빈낙도든지 완벽하게 전원생활을 누릴 수 있는 저 멀리 산골이나 어촌이라면 또 몰라도 이런 애매한 동네에서 어떻게 소중한 인생 말년을 보내실 수 있겠습니까? 저야 뭐⋯⋯, 앞으로 몇 년이 되었든⋯⋯, 그때까지는 주에서 하라는 대로 하면서 밥을 벌어먹고 살아야 하는 처지니까 이러고 있기는 하지만요."

"그러면 아두만 자치 타운에 마련하신 지금 살고 계신 집은?"

"그러니까 그때까지만이라는 거 아닙니까? 적당한 시기에 적당한 가격으로 깨끗하게 처분하고 다시 애들도 있는 루어스 메트로로 원대 복

귀를 해야지요. 아무리 붙잡고 있어봤자 거기 집값에 비하면 절반도 되지 않을 거 무슨 미련이 남아 있다고 그러겠습니까? 멋도 모르고 음풍영월에 풍찬노숙하다 보니 저도 알고 보면 어느덧 몇 년 안 남았습니다. 여기 아두만 자치 타운이 되었든 루어스 메트로가 되었든, 아! 노에지드 시티가 되었든 나라에서 정해 놓은 기한 없이 일을 계속하실 수 있는 우리 사장님이 한편으론 부럽기까지 하군요! 좌우지간 좋으시겠습니다."

우연히 점심을 함께하게 된, 이제는 국장의 지위에까지 오른 예전 담당 과장은 그렇게나 사자성어에 능하다면 과공비례라는 공자님의 옛 말씀 한 조각쯤은 되새겨볼 수 있는 나이가 되었는데도 예나 지금이나 한결같았다. 오랜 거래처였던 자신을 워낙 잘 알고 또 여전히 그만큼 걱정해 주려는 순정한 마음을 모르는 바는 아니었지만, 항시 인쇄소 사장 자신을 부러워하는 듯한 인사치레가 너무나 공허하게 들려와서 썩 마음이 편하지만은 않았다. 그간 미운 정 고운 정 다 들었던 고향인, 이제는 떠나온 루어스 메트로를 생각할 때마다 어쩔 수 없이 느끼게 되는 헛헛함을 끄집어내고 있기에도 그러할 것이었다.

그곳에서의 생활을 지속할 터전을 지킬 수 있었던 자와 버릴 수밖에 없었던 자의 간극은 결코 작은 게 아니었다. 마치 한쪽 다리를 잘린 듯한 상실감이 생살 속에 굳은살이 박이듯이 일말의 체념과 더불어서 은은하게 체화되어 온 것이었다. 새끼들을 여유롭게 길러내고도 제 몸집이 줄지 않은 이웃을 바라보는 어미 새의 피골상접한 꼬락서니가 영락없는 자신의 모습은 아닌가 하는 마음이 들기도 하였다. 실제로 현재의 둥지도 몸집만큼이나 차이가 커졌다.

처음부터 새것은 아니었던 인쇄소 사장의 집과 일터는 날이 갈수록 노에지드 시티를 닮아서인지 더욱 퇴락하여 가고 있었다. 그럴 뿐만 아니라 그곳을 벗어나서 아두만 자치 타운 안으로 가깝게 깃들어 보려는 것도 현실적으로 버거웠다. 그야말로 황량했던 그곳이 십 년 가까운 세월 동안 웬만큼 자리를 잡아가게 되면서 아파트 가격을 비롯하여 제반 주거 비용이 루어스 메트로 뺨치게 상승해 버렸기 때문이었다. 대략만 따져 보아도 인쇄소 하나의 월 유지비가 노에지드 시티보다 세 배 이상으로 들어갈 것은 불을 보듯 뻔한 이치였다.

자신과는 같은 듯 다르게 이주 초창기에 가족들을 남겨둔 루어스 메트로와 팔자에도 없는 홀아비 생활을 하게 된 노에지드 시티에 양다리를 걸치고 있었던 과장의 처지는 많이 달라 보였다. 그는 명실상부하게 직장인 아두만 자치 타운에 또 하나의 번듯한 주거지를 마련한 지 이미 오래 아니었던가? 그것도 사장 자신은 넘볼 수도 없고 상상조차 할 수도 없는 자격과 조건과 비용으로 말이었다. 이름하여 '공직자 주거 안정화와 행정 주도 안착을 위한 특별 분양'의 제1 순위 대상자가 되었다고 하였다.

자기 말로는 한때 신청을 할까 말까 미적거리기도 하였다는데, 그러다가는 다가오는 승진에서 누락되거나 불이익을 당할까 보아, 그리고 조금 길게 보고 만족스러운 결과를 기약하기는 어려운 투자라고 여기며 눈 딱 감고 저질러 보았다고 하였다. 그 결단 아닌 결단에 저 멀리 루어스 메트로를 중심으로 하여 휘몰아친 부동산 대박 열풍에까지 밀려서 중박 이상을 그런대로 치는 요행이 뒤따랐을 뿐이라는 것이었다. 어떻게 보자면 과감한 투자의 결실이 아닌 극소수 투기 세력의 농간 덕분이기도 하였다. 그런데도 과장 자신은 법적으로나 도덕적으로 양심에 거리낄 것 하나 없는, 오히려 자신이 속한 조직이나 행정 주도 건설을 위한 헌신이었다고 애써 믿고 있는 눈치였다.

"제가 끝까지 봉직해야 하는 필생의 일터라는 의미 말고는 뭐 하나 변변한 것이 없는 여기에 굳이 정착해야 할 이유는 딱히 없는 거지요. 그래도 그때까지 지내기에는 노에지드 시티보다는 나을 것 같으니까 그냥 있는 거지요. 걷든 자전거를 타든 주 청사까지의 가까운 출퇴근 거리도 거리지만……."

"아, 예! 뭐, 노에지드 시티도 발붙이고 살기에는 나쁘지 않은 것 같습니다. 구도심은 오히려 올드 루어스 메트로 같은 느낌도 많이 남아 있어서 맘 편한 감마저도 없지 않구요."

북쪽의 루어스 메트로에서 봤을 때는 아두만 자치 타운이 되었든 노에지드 시티가 되었든 나흐만 주의 중부 지역으로 한데 묶여서 함께 운위되었을 곳이었다. 그런데도 그곳 출신의 외지인인 자신들마저도 차별화하려고 들 만큼 두 지역의 객관적 분위기와 주관적인 정서가 모두 십 년 가까이 많이 달라져 오고 있었다. 어쩌면 그때는 국외자였던 자기들만 눈치채지 못하고 있었을 뿐 행정 주도 건설 이전부터 원래 그랬었는지도 모를 일이었다.

인쇄소 사장은 하나뿐인 친목 모임에서 몇 차례 따라나가 보았던 해외여행에서의 다소 신기했던 경험을 떠올렸다. 현지에 정착한 가이드들과 자신들이 비슷해졌다고 생각되었기 때문이었다. 분명 이방인임에도 불구하고 그들은 하나같이 자기들이 안내를 책임지고 있는 그 나라의 자부심 넘치는 국민인 것처럼 행동하려고 하였다. 그 의도가 의식적인 것이 아니라면 무의식적으로라도 그러고들 있었다. 웬만하면 같은 민족 앞에서만이라도 허심탄회하게 흉을 잡아 볼 수 있는 그 나라의 자잘한 흠결이나 가십거리들도 애써 언급을 피하려고 들었던 것이었다. 대신에 아무리 사소해 보이는 장점이나 미덕이라도 한껏 부풀리거나 아니면 최소한 빼놓지는 않으려고 하였다.

한편으로는 그렇다고 해서 온전히 그 나라의 국민이나 민족으로 당연히 동화되어 있는 것도 아니었다. 차라리 외국인으로서의 우월이든 열등이든 일말의 차별 의식 같은 것을 스스로 완벽하게 불식하지는 못하고 있는 것처럼도 보였다. 지금 예전 과장과 인쇄소 사장의 대화도 이와 같은 사실을 잘 보여주고 있질 않은가? 완전히 떠났든 떠나지 않았든 루어스 메트로 출신으로서의 선민의식과 현재 기거하고 있는 각자의 대체적인 지역에 대한 거의 맹목적인 옹호가 동시에 모순되게 작동하고 있는 것이었다.

그래도 그것은 현지인들보다는 덜한 편이었다. 알다가도 모를 것이 인쇄소 사장이 매일같이 마주치게 되는 오래된 노에지드 시티 사람들의 심리였다. 일단 대외적이거나 표면적으로는 아두만 자치 타운에 행정 주도가 건설된 것을 반기는 것처럼 처신하였다. 그들 눈에는 어디까지나 나흐만 주 중심지 출신의 외지인일 뿐인 사장 앞에서의 언사가 그러하였다. 언제까지나 우리가 루어스 메트로한테서 무시나 당하는 시골 구석이어야 하겠느냐는 묵직한 반감 같은 것이 번뜩였다. 심지어는 행정 주도가 아니라 완전한 주도 이전이 이루어져야 하지 않겠느냐는 불만 섞인 주장을 토로하는 사람들도 적지 않았다.

하기야 시티보다야 메트로가 위지요! 타운보다야 시티가 응당하게 위여야 하는 것처럼요……. 아무리 자치 별호 하나가 더 붙었다고는 하지만 그 쪼그맣고 새파란 동네가 어디 이 역사가 깊고 덩치가 적어도 서너덧 배나 더 큰 도회지에 덤벼 볼 수가 있는 건데요? 다 쓸데도 없고 또 택도 없는 소리지요! 지금이야 저 혼자서만 나흐만 주의 예산을 독차지하다가 보니까 왼갖 좋은 것들은 다 끌어당기고 있는 것 같지만, 화무십일홍에다가 권불십년이라고 그것도 오래 못 갈 거요. 아, 도시가 스스로 알아서 잘 먹고 살려면 소위 생산이라는 것이 있어야 하는데 잔뜩 돈 들여서 강변에다가 번드르르하게 공원 꾸며 놓은 거 말고는 거기가 어디 납작한 성냥 공장 같은 거라도 들어설 자리가 있는 뎁니까? 전부 공무원들 호주머니나 관공서 돈줄만 바라보며 살아가고들 있질 않습니까? 그리고 겨우 강 하나 건너편인데도 집값은 물론이거니와 물가는 왜 또 그렇게 비싸답니까? 제대로 된 음식 하나 변변하게 먹을 데도 없으면서……. 결국에는 처음부터 루어스 메트로는커녕 우리 노에지드 시티 사람들이 빈 자리를 채워주지 않았으면 진작에 문 닫았을 뻔한 데라니까요. 그러니까 인제 슬슬 둘이 합쳐야 앞으로 살아갈 수 있다! 뭐, 이런 소리도 나오고 있는 것 아닙니까? 그것도 어디 이쪽에서 먼저 꺼낸 말도 아니구만서도…….

자신의 인쇄소에서 한 집 건너에 있는 건강원 주인이 틈만 나면 와서 툭툭 던져 놓고 가는 혀짧은 소리들을 주워서 꿰어보면 논리적으로 이런 구성일 것이었다. 그의 말마따나 주거니 교육이니 해서 새롭고 편리한 삶의 기회를 찾아서 여기에서 크리스 강을 건너 북진하는 일부 실용

주의자들도 적지는 않았다. 그러나 그들마저도 과연 고향이 어디인지를 놓고서는 정체성의 혼란을 면치 못하고 있는 눈치였다. '몸뚱이는 아두만이지만, 노심초사 노에지드!'라는 지극히 향토적인 유행어가 돌고 있을 지경이었다.

그런 면에서 어쨌든 나흐만 주 안에서는 부동의 제일가는 도시 루어스 메트로 출신인 인쇄소 사장은 그렇지를 못하다고 치더라도 예전 과장이었던 지금 국장의 깍쟁이 같고 잰 몸놀림에 여기 토박이들은 감히 필적할 수 없을 것 같았다. 늘 그가 강조하던 업무상 취득한 기밀의 철저한 보안 유지에 적극적으로 협조해 온 사장 역시 예외는 아닐 성싶었다. 가령 구체적으로 예를 보이자면, 눈인사를 끝으로 황급하게 자리를 비우게 만든, 쉽사리 끝나지 않을 듯한, 지극히 사적인 그의 화통한 통화 내용 같은 것이겠다.

"어? 여보! 이 시간에 무슨 일이에요? 점심? 방금 옛날 업자분하고 간단히 했지? 그런데 그게 궁금해서 이렇게 전화를 넣은 거야? 그게 아니라고? 그러면 그렇지! 뭐라고? 처남이, 아니 처남댁이 도저히 못 살겠다고 기어코 갈라서겠다고 그런다고? 내 그럴 줄 알았다니까! 가만, 그 사람 앞으로 뭐가 더 있더라? 응! 거기는 여기보다 좀 위쪽으로 외지기는 한데 올해 안에 소부장 관련 복합 첨단 기술 산업 단지 유치가 떨어질 곳인데……. 그러니까 당신이 직접 둘을 만나서라도 절대 안 된다고 해! 아니, 이혼이 아니라 차명으로 등록된 부지 명의를 내놓기 전에는 안 된다니까? 거기다 지금까지 묻어 놓았던 게 얼만데? 그게 다 내 꺼는 아니지만 대출 이자에다 원금까지 다 갚고 나도 곧 들어올 것만 해도…….

여보, 여보세요! 지켜야 해! 막으라고! 절대로 안 된다고! 우리가 뭐하러 이 촌구석까지 내려와서 버텼었는데에에……!"

저 땅은 피보다 붉다

"미치인놈! 야, 이 잡놈아! 머언 길이 또 난다냐? 근디 대관절 왜?"

팔순의 홀어미는 나이도 외양도 반백인 아들이 급작스럽게 지금처럼 달라진 가장 가까운 연원을 어릴 적부터의 죽마고우든 불알친구든과의 정감 넘치는 대화로 기억하고 또 내내 그렇게 이해하기로 하고 있었다.

루어스 메트로에서 좌우지간 뭔가로 잘 나간다는 아들의 오랜 친구는 인제는 타향이나 다름없어진 모처럼의 고향 방문에도 반드시 고적한 처지의 아들을 찾아 강 소주잔이라도 나누기를 빼먹지를 않았었다. 제 자랑 반, 친구 걱정 반으로 메마르게 부실한 안주를 대신하다가 불쑥, 이제 와 돌이켜 보니 불쑥도 아니게 토해 내놓은 말이 이 모든 사달의 시작이었다.

"진짜루 길 난댜! 것두 지방도나 국도가 아니라 4차선 프리웨이로 제대로 난댜! 바로 저 산날맹이 아래루다가……."

아들의 친구가 먼 눈짓으로 가리키는 그곳에는 언제 묻었는지 기억도 흐릿 가물한 살아서나 죽어서나 한결같이 징글징글한 남편이, 그러니까 아들에게는 애잔하기가 이루 필설과 언사로 다할 수 없는 선친이 누워 있었다. 혹은, 혼자서만 묻혀 있는 고인만큼이나 외로운 맹지나 진배없는 땅 한 뙈기가 있었다. 종중에서 관리하는 드넓고 야트막한 선산으로 기어이 들어가지 못하고 죽어서도 험한 눈길을 기어 올라가야만 했던 남편의 유일한 영지였다. 이제는 유일한 유산이 되어 주겠지만.

"저기는 올 아부지께서……!"

"내가 그러니께 특별히 하는 말 아니여!"

"근디이, 뭔 영문으로 저리루 프리웨이로까지 뚫린다는 거여? 자네는 루어스 메트로에서 한다는 일도 그렇고 해서……, 그런 문제라문 어림 택도 없거나 아예 형편없는 얘기를 옮길 위인은 아닌데 말이여!"

"사실은 그게 말이여……, 다른 사람한테까지는 절대루 발설하면 안 되지만서두 팔구십 프로 이상은 비밀리에 내정이 된 셈이나 마찬가진 데……, 요아랫녘으로 주청이 옮아온다는 거여!"

"얼래! 강 건너 더 아래짝 대처인 노에지드 시티가 아니구?"

"여기서도 다들 대충으로라두 알긴 알고 있었구만그려. 근디이……, 살짝 잘못 알고 있었어. 거가 아니고 바로 쩌기여어! 거진 여기라구!"

여기는 루어스 메트로에서 노에지드 시티를 거쳐 남쪽으로 이어지는 나흐만 주의 제1번 간선 프리웨이에서 다소 서쪽으로 벗어난 오지 아닌 오지였다. 그런데 이곳 고향 마을을 관통하여 속칭 요아랫녘까지 닿는 또 다른 길이 계획 중이라는 것이었다. 그것이 현재의 주도인 루어스 메트로와 새로 건설된다는 행정 주도를 직접 연결하는 일직선상에 아버지의 유택이 놓이게 되어 버린 연유였다.

그게 언뜻 생각하기에는 지금 제 사는 것이 다소 팍팍한 아들로서는 다소 골치가 아픈 성가신 일이 될 수도 있었다. 그러나 따로 대비하고 필히 챙겨야 할 것도 있음을 새삼 깨우쳐주려는 오랜 친구의 세심하고 끈끈한 우정이 고맙게도 이를 막아섰다.

"자네! 혹시라도 몰르니께 빗돌하구 상석하구 이런 거라두 어떻게 해 드려 놔 봐! 할 수만 있다문 다만 얼마간이라도 터를 더 넓혀두 좋구!"

"야, 이 사람아! 내 형편에 그깟 돌짝들에다 들일 돈이 어디 있다구 그랴? 더더군다나 죽은 귀신만 좋아할 쓸떼기 없는 무덤 땅만 늘궈 놓으면 이노무 팔자에도 없던 조상 복이 쏟아지기라도 한단가?"

"거야 모르지? 두고 보면 알 일 아니겠어? 좌우당간 내 말대로 해 봐! 밑질 일은 없을 텐께! 건 그렇고, 나도 자네한테 긴히 맡겨 둘 게 하나 있긴 있는데……, 어뗘? 맡어 주든 안 맡어 주든 한번 들어나 볼텨?"

"그렇게 우리 돌아가신 선친하고 또 언젠가는 같이 가실 엄니하고를 내 돈 한 장 안 들이고는 순전히 나랏돈으로다가만 고이 모시게 된 게 장에다가 땡이지! 그깟 놈의 코 발른 보상금 따우야 없다가도 불쑥 생길 돈이고……, 또 있다가도 기냥 나가 버릴 돈 아녀? 나는 느즈막에 팔자에도 없던 조상 덕으로다가 양친 부모님께 이마만큼이라도 효도하게 된 게 젤로 기쁘기는 기뻐! 글구, 내 재주에……, 또 내 주제에……, 뭘 더 바랴? 내가 만약에라도 그런다면 그건 순 사기여, 사기!"

하도 가팔라서 다른 사람들은 묘지로도 쓰질 않는 땅에 모셔 놓은 제일 가까운 조상님은 결과적으로 손해나게 해 주시지는 않았다. 심지어는 어마어마한 지경까지는 아니어도 모처럼 돈푼이나마 아들의 손에 쥐여주시기도 하셨다. 돈이 드는 산지 추가 매입이나 힘이 많이 드는 상석은 꿈도 꾸어볼 수 없었으나 문인석인지 무인석인지 분간이 가질 않게 중턱에서부터 굴러다니던 주인 없는 작은 돌덩이 하나는 끌어다 세워 놓을 수가 있었다. 어려서부터 얼굴도 까먹었을 제 어미 잃은 가녀린 외아들의 굳이 없어도 되었을 뻔한 손도 빌려서였다.

기가 막히게, 돈을 주고 팔아도 팔리지 않았을 그 땅이 긴급한 프리웨이 건설을 위한 수용이라나 편입이라나 하는 특별 조치 덕에 현찰로 둔갑하여 아들의 손으로 굴러 들어온 것이었다. 비록 눈먼 돌값도 그 안에 들어가 있는지 노모로서는 알 도리가 없었으나 어쨌거나 아들과 손자가 반나절 애를 쓴 정당한 노동의 대가로 치부하기로 하였다. 그래서 내후년이면 예전에 제 애비가 끝내 마치지 못한 농고가 종합고등학교라나로 바뀐 데를 나와서 대학생이 될 거라는 손자의 학비로 온전하게 쓰이든, 그전에 늙은 아들의 외로움을 달래 줄 읍내 순회 유흥비로 일부 새어 나가든 잠자코 있기로 한 것이었다.

노모가 흡족해하였던 바는 정작 따로 있었다. 돈 한 푼 들이지 않고 한 집안의 조상이자 선친이자 귀신을 깔끔하게 처리할 수 있어서 얼마나 잘된 일인지 몰랐다. 남아 있는 뼈다귀를 대략 수습하여 대번에 불살라 곱게 빻아서 둥그렇고 허연 항아리에 담아 공영 납골당의 2층 부부함 한쪽 구석으로 치워 놓은 데에다가, 그 모든 것이 그야말로 공짜라는 것이었다.

아들이 술김에 호기롭게 떠드는 얘기를 들어본즉, 게다가 조만간 자신도 죽은 남편과 똑같은 처지가 될 수 있는 자격까지 갖추게 된 모양이었다. 다만 얼마만이라도 부담을 하게 된다면 단 한 번에 사십 년이라나 오십 년이라나 그 수원수구 덩어리와 실제 살았던 햇수보다도 더 오래 그 옆 빈자리를 차지할 수 있게 되었다는 것이었다.

"누가 느깟노무 죽은 영감탱이 옆댕이가 아쉬워서 그런댜? 내 아덜 내 손주헌테 뒤져서도 폐를 안 끼쳐도 되게 생겼으이 그러지! 근디……, 쟈는 워째 허구헌날 저런댜? 불쌍한 지 새끼 살리구 인쟈 다 늙은 인생이 다급해져 오는 저두 살 궁리를 차려야 쓰는디!"

"천하에 빌어먹을 놈에 사기꾼 새끼! 지내놓고 보면 눈앞에 어른거리는 돈을 놓고는 세상에 원래 핏줄이구……, 그 좋다는 친구고……, 종당에는 믿을 종자는 하나도 없다는 겨?"

대신 자기가 영구히 눈을 감고 난 뒤 이 세상 염려를 던 노모의 걱정과는 딴판으로 중늙은이 아들은 그 후로 살아갈 궁리가 너무 많아져서 오히려 탈이었다. 온갖 회한과 번민과 계략과 도발이 한꺼번에 얼버무려져 혼탁한 머리와는 달리 흐렸던 두 눈은 언제나 희번덕거리게 되었던 것이었다.

처음에 노모는 선친의 유택을 깨끗하게 치워드리고 난 보상으로 받아들게 된 그 빌어먹을 얄팍한 돈다발이 문제인 줄 알았었다. 하지만 아니었다. 실히 그 두 배는 족히 넘을 듯싶었던 불알 어떤 놈의 커미션 뭐라고 하는 사탕발림이 더 큰 문제였던 것이었다.

가령,

"그래, 세상에 내 이름 슥 자를 떡 하니 가져다가 지 눔이 챙긴 게 얼만디 제우 이깟 놈의 코 묻힌 푼돈이나 엥겨주구 입도 싹 딱구 발두 뚝 끊어 번져? 에이 천하에 배은망덕한 불쌍놈 같으니라구!"

혹은,

"없는 놈이 죄지! 머리도 없어. 돈도 없어. 집안도 없어. 가진 거라고
는 달랑 이거 두 쪽하고 안빈낙도 청렴결백한 성품뿐이었던 내가 죄인
이여! 다 지까짓게 부실한 탓이지 누구를 한탄할 껴?"

심지어는,

"내가 지금처럼 맘만 삐딱하니 먹었어 봐? 그 노른자위 땅이며 그 헤
아릴 수도 없는 돈이 다 누게 됐겠느냐는 말여? 그러니께 인간적으로다
가 갸는 그러면 안 뒈야. 지 죽을 때꺼정 나한테 절하고 나 죽으면 내 새
끼 대신으로 젯상 차려야 뒈야! 그랴? 안 그랴?"

술을 많이 먹었거나 덜 취했거나 한결같이 배신감에 신세타령에 뒤늦
은 후회로 한동안 스스로를 몹시도 시달리게 만들어 대었다. 자꾸만 눈
과 귀는 어두워도 세상 이치에 밝아지는 팔순의 노모가 곰곰 더듬어 보
니 루어스 메트로에서 내려왔던 옛적 친구가 땅을 사는 데에 자네 명의
를 좀 빌리세, 우리끼리만 알고 믿고 잠시 감쪽같이 차명 거래를 트면
되네, 친구지간에 이러는 게 영 사람의 도리는 아닌 줄은 잘 아네마는
내 작은 성의니까, 하는 식으로 속닥거렸던 말들이 다 그런 거였다.

그러니, 걔는 원래 그런 아이고, 얘는 원래 이런 아인데 이렇게밖에
생겨 먹지 못한 아들은 다 늦게 왜 그러는지 모를 일이었다. 아닌 게 아
니라, 자세하게는 동리 노인회관 늙은이들이 어디선가 주워듣고 아는
척을 해대는 말 조각들을 모아 보면, 자기만 잘 몰랐지 최근에 인근 동
리에서는 뻔하고도 흔한 이야기일 뿐이었다.

다만, 순직한 아들이 그 작은 조각 하나가 되어 이리 뒹굴고 저리 채
인 꼴이 되었다는 깨달음에 명색이 어미로서 가슴이 미어지지 않을 수
없는 일이었다. 가만, 또 가만 들어보니 적수공권 아들 손에 모처럼 돈

푼이나 만지게 했던, 야산을 깔아뭉개고 새로 길이 뚫린 이 동네 유사 이래 일대 사변은 유도 아니었다. 주청이 요아래녘에 새로 선다는데 그 어수룩하고 어수선한 틈을 노려 눈먼 돈으로 가뜩이나 부른 배를 더 채운 작자들이 구태여 아들 친구 말고도 꽤 된다지를 않은가?

아들은 행정 주도가 들어온다는 알짜배기 땅은 친구에게 명의만 내주고 자신은 변죽도 아니게 두르게 된 것이 하염없이 분하고 끝도 모르게 원통해지는 모양이었다. 갈수록 반백 년 우정에 이용만 당하고 속아 넘어갔다는 현실에 속이 끓어서 넘쳐 오르는 기색을 감추지를 못하였다. 그렇다고 해서 자신이 미리 알았다고 해도 별 뾰족한 수를 낼 수는 없었으리라는 차가운 진실 앞에 더욱 머리와 가슴이 뜨거워지는 것을 견디지 못해 하였다.

이 모든 것이 다 자신이 못나게 태어난 탓이겠거니 하고 씁쓸하게 속으로 삭이고 겉으로 접을 나이가 하마 지났다고 노모는 혼자 체념하고 있었다. 그런데 아들한테는 그게 그렇지가 않았던, 그리고 그렇게 되기가 도무지 쉽지가 않았던 것이었다. 사실 그간 늙은 모성애는 아들에게는 자신만큼이나 애틋한 아들이 따로 있음을 있었던 적이 단 한 순간도 없질 않았겠는가?

"너는 이 애비처럼 살덜 말고 마음 딴딴히 먹구 공부 열씸히 해야 써! 내 몸이 콩가루가 나더라도 어떻게 해서든 뒷바라지는 할 테니께 꼭 루어스 메트로로 올라가야 한다잉. 내 말 알아 먹었지? 그리고 저어……, 거시기……, 거 가면 혹시 아냐? 그 사람을 찾게 될지도. 너랑 이거저거가 싸그리 다 판박이니께 보기만 하면 서로 알 수는 있을 거인데……."

"······."

"이거꺼정은 보덜 못했겠지만 친구한테도 이용만 당하는 아무짝에도 쓸따리없는 이 못난 애비 싫다고 떠났어도 너하고는 또 그럴 사이가 아니니까 내가 다 이해를 한다니께. 그러니까 아무 생각 말고 그저 공부만······."

"나느은 공부 머리도 택도 없이 안 되고······, 또오 대학이구 뭐구 주제 넘게 그럴 맘도 없슈!"

"그러면 어쩌겠다는 거여? 너 태어날 때부텀 생겨 먹은 그대로 시골 무지랭이처럼 이 촌구석에 처박혀서 살겠다는 거여? 시방!"

"여기가 왜 안직두 시골이구 촌이여유? 쪼금만 더 아래로 내려가면 루어스 메트로 저리 가라 하게 생겼는 커다만 도회지가 두 개씩이나 있을 건디······. 거기에 나 하나 돈 벌어먹을 데가 왜 없을라구유?"

아들도 인정한 바대로 제 어미를 닮아 은근히 튀게 저 멀리 바다 바깥으로부터 외탁을 한 외모와는 어울리지 않게 토속적인 어조로 단호하게 제 아버지의 말 자락을 끊는 손자에게 그래도 부모한테 그러면 못쓴다고 가볍게 꾸짖어는 주었다. 그러나 할미이자 어미로서 동시에 속이 아련히 어느 쪽이 더한지 대중하기도 어렵게 쓰려 왔다.

굳이 누구한테라도 원망을 좀 해 보자면, 이게 다 젊어서 일찌감치 인생 요절이 난 그 인간 때문이기는 하였다. 한편으로 또 생각해 보면, 온전히 그 인간 때문만도 아니게 다들 타고난 팔자 탓인가도 하였다. 그래도 마침 그 위인과 반 영구히 머물 터도 바꾸어서 근사하게 새로 잡았으니 아들이건 손자건 이참에 깨끗하니 팔자 씻이나 되어 주었으면 좋겠다는 생각이 다시 들기도 하는 것이었다.

"아니……, 뜬금없이……, 난데없이……, 웬누무 전화질에다가……, 지금 불난 집에 부채질이나 하자는 거유? 아니면, 그놈에 상처 딱지를 다시 긁어서 한 번 제대로다가 오지게 도지게 만들겠다는 거유? 아, 글 쎄 나는 원래부터 팔자에 없던 조상님 밑으로 새삼 들어갈 돈도 돈이지 만……, 우리 애기 엄마 땜에라도……, 하여튼 정신이 하나두 없으니께 그만 끊으슈! 글구, 아저씨가 우리 아부지 때 어떻게 하셨는지 그새 씨 커먼 까마구 괴기 모냥 잊어뻔지신규? 그러지 않고서야 어떻게 이런 전 화를 하나도 안 까먹고 똑똑하니 기억하고 있는……, 그러니께 두 눈이 시퍼렇게 살아 있는 그 아들한테까지 하실 수가 있슈?"

느닷없이 걸려와 뜻밖으로 중언부언 길어졌던 그래도 피붙이와의 통 화가 마무리되고 있었다. 갈수록 아들의 열이 올라 걱정이었는데 적당 한 선에서 끝이 나게 되어 그나마 다행이라고 생각했었다. 노모 자신 역 시 지금 그러지 않아도 가뜩이나 심란한데 그때 그 일까지 끄집어내지 않을 수 없는 한심한 전화에 속이 끓어오르고 있었기 때문이었다.

시골살이가 그렇게 답답했으면 애가 다 커서 고등학교나 졸업하고 나 가도 나갈 것이지! 저도 제 나라에서는 여기보다 나을 것도 없는 데서 나고 컸다고 그렇게나 주워 지껄이더니만, 결국에는 기어이……! 아니 야, 딱 십 년만 채우고 나간다고 했어도 내가 제 신랑 몰래라도 내보내 어 주었을 것인데. 하여간 엎치면 덮치게도 된다더니만…….

먼저, 당시에는 엎어진 일이 큰 문제였다. 없는 살림에 한동안 아들이 다잡아서 마음 단단히 먹고 이 일 저 일 가리지 않고 닥치는 대로 달려 들어 알뜰히 살뜰히 모은 돈으로 하늘 건너 비행기 타고 들인 며느리가 집을 나가 버린 것이었다. 그것도 어느새 제법 여물어서 낼모레면 초등학교에 들어갈, 어른스럽게 우리말도 무척이나 잘하는 손자 하나를 떼어 놓고 그랬던 것이었다. 제가 생각했던 것과는 딴판으로 남편을 거들면서 제 것 아닌 농사를 이것저것 되는 대로 대신 지어야 먹고 살 수 있는 타향살이가, 엄밀하게는 타국살이가 썩 마음에 찰 리는 없었을 것이었다. 아무리 그래도…….

"어떻게 애 엄마가 열 달 상관이나 지 배 아퍼서 나놓은 지 새끼를 놔두고 집을 나갈 수가 있슈? 아마도 그년의 뱃속에는 애 생각 대신 돈 욕심만 잔뜩 들앉아 있었나 봐유. 내가 암만 어려워도 뼈꼴 빠지게 그간 지 친정집에 해 준 게 얼만디……, 그걸루는 영 성이 안 찼던 모양이지유? 여기보다는 못사는 디서 왔으니께 되바라진 우리나라 여자들보다야 순직하겠거니 하고 믿고 있었더니만 국산 도끼도 아닌 년한테 단단히 발등을 찍힌 거여. 응, 이 등신 같은 놈! 아무리 못살았어도 돈 앞에서는 번쩍하고 개명하는 이치는 여기나 거기나 다를 게 없다니께!"

노모는 무시로 취해 버릇하는 홀아비 아들이 그래도 애써 자신만큼이나 며느리의 속사정을 웬만큼은 헤아려 주고 있었고, 나아가서 이해하려 노력하고 있다고도 믿고 싶었다. 자신이나 아들이나 며느리나, 또 나 어린 손자나 딱 거기까지가 서로 인연이고 제각기 팔자라는 생각이 드는 것이 그래서 별로 이상스럽지가 않았다.

그까짓 것 억지로 될 일이 아니라면 언젠가는 억지가 아니게 자연스럽게 풀릴 수도 있는 이치라고 일단은 거두어두기로 한 것이었다. 그래도 손자가 사실적으로나 법적으로나 어미도 모르는 자식으로 남아 있을 일은 없는 것 아니겠는가? 다행히 제 아비 어릴 적을 닮아 순둥이라서 노모 자신이 조금만 신역이 고되면 어떻게 될 듯도 하였다.

"씨도 밭도 흐릿한 것들이 감히 어디를 넘보는 거여? 누구 맘대로 저따우로 뽀얀 눈 위에다가 시커먼 구덩이까지 파 놓은 거여? 보기에 아주형편 없잖여? 이거는 절대적으루다가 우리 조상님 전에서 누구 한 사람의견 따라 쫓아서 할 수가 없는 중차대한 문제여! 얼마나 우리 집안을 깐히 봤으면……. 아, 아, 좌우당간에 됐구……, 저 송장은 절대루 안 뒤야! 암만 니가 어려도 번연히 상주라면 어쨔……, 알아는 듣겄냐?"

사실 애비 없고 조상 없는 처량한 화상들이 따로 없었다. 오래전에 죽은 남편과 지금 죽지 못해 살고 있다는 아들! 그런데 방금 끝이 난 통화의 골자인즉, 이제 너희들에게 조상도 붙여 주고 떳떳한 애비도 되게 우리가 다 만들어주겠다는 자애로운 말씀이었다. 그리고, 그 은덕은 언제어디에선가 그 누구로부터 반쪽짜리 피붙이라는 소리까지 들었다던 애처로운 손자에게도 빠지지 않고 내릴 것이 분명해 보였다.

삼대를 한꺼번에 족보에 올려주겠다는 제안을 걸어온 사람이 여태껏종중 일을 도맡아서 보는, 그러니까 아들에게는 아저씨뻘이고 남편과는같은 항렬의 아래 동리 인근 친척이었기 때문이었다. 다만, 다든 소든얼마간은 새로 발간하는 경비 부담을 좀 해 주어야겠다는 조건이 따라붙고는 있었다. 아들은 그것을 가뜩이나 몸이고 정신이고 성가셔 죽겠는데 느닷없이 덮친 일쯤으로 생각하고 노골적으로 반감을 표하고 있었다.

노모는 그 반감의 원인이 아들의 전제와는 달리 지금 집 나간 며느리때문만도, 더더군다나 박박 긁어도 나올 데 없는 돈 때문만도 아니고 고리짝 남편 장례 때의 그 일 때문임을 마음으로 곧바로 알아들을 수 있었다. 사실 따지고 보면 자신은 이 집안 귀신으로 대접을 받든 버림을 받든 아무 상관이 없을 일이지만, 그날 이승을 반백 년도 채우지 못했던 남편과 읍내 농업학교 2학년밖에 되지 않았던 아들이 겪었던 이른바 산 전 박대는 항차 사람의 도리라면 도저히 잊어서는 안 될 일이라고 새겨 왔던 것이었다.

"과부 마누라하고 애비 없는 외아들 하나만을 냄겨 두고 술이든 담배 든 뭐든 결국에는 포한이 지다 보니 그만 몹쓸 병에 걸려서 고생 끝에 기어코 세상을 뜬 위인을 말이여……, 웅? 아무리 피가 흐리네 터전이 더러우네 어쩌네 해도 말이여……, 웅? 그 엄동설한에 구뎅이까지 다 파 놓은 데를 못 들어가게 할 거는 뭐란 말이여? 그게 다 지들 재산이 쪼금 이라도 축날까 봐서 그 지랄들을 해댄 거 아니겠어? 암만 그래도 그렇 지! 어디서 족보에도 못 오를 것들이 감히 기어들어 오냐는 소리를 나왕 냄새가 진동하는 관짝을 앞에다 놓고 할 수가 있는 거여……, 웅? 내 오 죽이나 더러워서 눈길에 자빠지고 관짝이 깨지더라도 그 인간을 저 멀 리 산날맹이로라도 끌구 올라가야겠다는 생각을 다 했겠느냔 말여? 그 러니께 자식 된 입장에서 비록 나이는 다 차지 않았지만 쟈가 다 잊지 않구 뼛속에다가 새겨 놓은 거 아니겠어? 웅!"

저 아래 남쪽에서 흘러가며 시시때때로 넘쳐났을 크리스 강의 영향 으로 위아래 동리를 가릴 것 없이 너르게 펼쳐진 들판 위에 드문드문 돋 아난 뾰루지 모양 야트막한 야산 몇이 오히려 귀한 집성촌이었다. 그런 데 확 다 긁어서 밀어버려도 시원치 않을 그 산들이 수백 년, 수천 년 생 업이었던 농사만큼이나 소중했던 이유는 바로 무덤 때문이었다. 대대로 조상님을 모셔야 할 선산 자리는 아쉬운 대로 거기 말고는 따로 없었던 것이었다. 그리하여 언제부터인가 정확한 기록과 그에 버금가는 기억은 없지만, 주변 농지 일부를 포함하여 주로 대종가에서 관리를 도맡아서 하는 종중의 대표적인 자산으로 전해져 내려오고 있었다.

노모의 남편은 한마디로 말해서 서자 축에도 들지 못하는 그 종중의 떨거지였다. 노모의 시아버지뻘 되는 가문의 대표적인 한량 한 분이 점잖게 표현해서 읍내 술집 작부와의 사이에서 어찌어찌 얻게 된 늦둥이 아들인데 그것도 있는 그대로 믿어 주기가 어려울 정도로 생모와 아버지라는 사람의 정분이 나이 차만큼이나 애틋하지도 않았던 모양이었다.

어느 날 인근에서 자취를 홀연히 감추기 전에 그래도 몇 년이나 혼자서 키워오던 아이를 남자네 집 앞에다 데려다 놓고 떠났다는 생모 못지 않게 아버지라는 사람도 무심한 데다 무책임하기는 마찬가지였다. 그래서 노모의 남편은 겨우 신접 살림살이로 자립하기 전까지는 반편이 혈육이라기보다는 온전한 일꾼, 그러니까 옛날 같다면 머슴 격으로 집안을 이리저리 맴돌았을 뿐이었다.

우여곡절 끝에 어머니 쪽 호적에나 몇 년 늦게 오를 수 있었던 남편은 그래서 법적으로도 한 집안사람 대접을 받질 못하였다. 그러니 생전에 지역에서 제일간다는 명망가 가문의 대동보 따위에 오를 일은 아예 꿈도 꿀 수 없었다. 여러모로 딱한 인생이 천수를 누리지 못하고 원도 깊고 한도 컸을 이 세상을 서둘러서 뜨게 되자 그래도 인정머리를 다 버리지는 못한 먼 집안 어른 한 분이 선산 한구석을 열어주자 하였으나, 오히려 오랜 세월 미우나 고우나 남편을 함께 보고 살아온, 따지자면 동기간이나 가까운 촌수 뻘들이 극구로 막아 나선 것이었다. 그래 죽은 남편은 외진 무덤도 따로였고 족보에는 이름자도 세로로든 가로로든 올라 있질 않은 형편이었다.

"그때 내가 정신을 바짝 차리고는 중편 대동보에다가 우리 아부지 함자를 올려드렸어야 하는 건디 말이여! 어디 아부지뿐이여? 나도 그렇고 쟈도 여기 조상님들한테 정식으로다 고해서 올릴 수 있는 절호의 찬스였는디……, 그게 다 쟈 엄마 때문 아니겠어? 왜 하필이문 마침맞게 고 때 집을 나가서 내 정신을 왼통 사납게 해 가지구서는 모처럼의 기회를 홀랑 까부르게 했는지 모르겠어? 그게 다 타국 땅에서 태어나 조상도 헷갈리게 된 지 팔자이기는 한디, 막상 나는 또 뭔 죈 거여? 글구 올 아부지는 아무리 납골당 편안한 자리에서 독야청청이라지만 서운하신 건 또 서운하실 테고……."

아들이 그래도 가문의 높고 중한 어른에게 거침없이 대놓고 내뱉은 바대로, 그때까지도 전해 내려온 포한 탓에 삼대가 한꺼번에 족보에 오르기를 거부한 것이야말로 사필귀정 당연한 일이었다고 노모는 믿고 있었다. 그간 이 사람들이 자기네에게 베풀어준 소갈딱지로 보아서는 설령 돈 몇 푼을 내면 족보에는 올려준대도 항렬에도 안 맞는 선산 아래 자리를 선뜻 이장지로 내 줄 리는 없다고 여겨졌었기 때문이었다. 세상을 겪을 만큼 겪어본 노모에게 그것은 참으로 간단한 이치였다. 족보는 당장 적은 돈이나마 끌어들일 수 있으나 선산은 언젠가는 뭉텅이로 돈을 나누거나 내주어야 할지도 모르지를 않는가?

그런데 그 뻔하면서도 차디찬 이치를 반백이 넘은 아들은 이제야 절실하게 깨닫고 있는 모양이었다. 그리고 그전의 생각과 태도를 표변하여 뒤늦게 가지가지로 내리 후회막급 중이었다. 우선은 바로 그때, 그러니까 지금으로부터 한참 전인 십여 년 전에 종중 일을 맡아 보는 집안 아저씨의 얄팍한 꼬임수에 멋모르는 척 속아 넘어가 주지 못했던 일이 마치 천추의 한인 듯했다.

덧붙여 가깝게는 불과 몇 해 전 굳게 믿었던 친구의 사탕발림에 휘말려 들어 아까운 줄도 모르고 덥석 명의를 내주었던 경솔한 처신 역시 그만큼은 아니겠지만 땅을 치고도 남을 일로 여기는 듯했다. 심지어는 노모가 결과적으로 요모조모 속 시원스레 잘 되었다고 만족해하고 있는 선친의 묘소를 나라에 팔아치운 일마저도 다시 헤아려 보는 듯도 하였다.

"강에서 가까운 요아랫녘 근처 자네 집안 땅도 일부 수용이 되기는 될 거여! 나야 엄연히 타성바지니께 자세한 내막은 당연히 모르겠고……. 사실 자네네 그 많은 종중 재산으로 치면 새발에 피밖에는 안 될지도 모르는 땅이겠지만 말이여. 혹시라도……, 그러니께 앞으로 다소간에 더 들어갈 가능성도 완전하게 배제할 수는 없을 거이다, 이 말이여. 근디 이건 순전히 내 생각이 그렇다는 거여……, 아마도!"

"그게 다 이번 주청이 온다는 예정지 안으로 들어 있단 말이여? 나도 모르긴 몰라도……, 나라에서 다 거두어들여서 쓸라면은 솔찮이 돈이 들어갈 넓은 땅일 텐디?"

"아, 이 사람! 내 말을 어떻게 듣는 거여, 시방? 그러니께 내가 자네하고 함께 해서 사 놓았던 그 쬐끄만한 땅은 예정지 한가운데로 확실하게 보상이 된다, 이거여!"

"그러면 우리 집안 땅이라는 거는?"

"어떻게 치면 지 땅이나 진배없는 데도 잘 몰러? 그거야 겨란 노른자

요 알짜배기인 내 땅보다야 더 위쪽에들 있으니께 안으로 들어오는 놈
도 있구⋯⋯, 아직은 대부분 못 들어오는 놈도 있다, 이거지!"

"대략적으로 얼마나 되는디? 그러니께 내 말은 들어간다는 놈이?"

"주청에서부텀 따지자면 북쪽으로 한참 변두리에 해당하니께 돈이
얼마나 될지는 모르겠지. 그래 평당으로는 단가가 내 땅보다야 덜 나가
겠지만 그래도 원체 넓으니께 꽤 되기는 될 거여⋯⋯, 아마도!"

"인우보증서가 아니구 뭐, 출생확인증명원이라구? 그리구 그걸로도
아마도 어려울 거라구? 그럼⋯⋯, 뭔 수가 또 있을라나? 그 방면으로는
자네가 잘 아니께 좀 알아보구 전화를 주든 문자를 주든 그렇게 좀 해
주게! 어떻게 해서든 저기 희멀건 가루가 되어 계시는 우리 아부지 억울
하신 한은 풀어드려야 할 거 아니여? 내가 그간 너무 못나서 불초자식으
로 제대로 된 도리를 차리질 못했구만그려!"

그 뒤로 한동안 속아 넘어갔느니 배신을 당했느니 하면서 의절을 할
것처럼 굴었던 저 멀리 죽마고우를 전파상으로라도 아들이 다시 찾게
된 연유는 노모의 관점에서는 여러 복잡한 심사가 얽혀 있겠지만, 냉정
하게 단순히 한을 넘어서 결국에는 돈이었고 바로 땅이었다. 그것은 일
단 문중의 족보에도 관공서의 기록에도 오르지 못한 선친의 정당한 법
적인 지위를 되찾아드리려는 뒤늦은 효심으로 표면화되었다. 효자 아들
로서는 참으로 삼대의 숙원을 단번에 해결할 수 있는 당연한 용단이었
으리라.

그러나 거의 백 년이 다 되어 가는 사람의 흐릿해진 이른바 출생의 비
밀을 밝혀내는 일은 난항 수준을 넘어 불가능에 가까웠다. 살아서 거기

에 관해 한 마디씩이라도 남긴 집안이고 마을이고 이미 죽은 혼령들을 불러 모아 살아 있는 귀신 같은 판사 앞에다가 세워 놓을 방도가 응당 없질 않은가? 타고난 복인지 얻어걸린 화인지 아직 드물게 살아들 있다고는 해도 어른들이 쉬쉬하던 희미한 뒷이야기를 몰래 귀동냥하던 조무래기들이었을 텐데 그걸로 세상 뜨기 바로 전에 팔자에도 없었을 관청의 문서에까지 오르내리려 할 사람은 당연히 부재에다 전무였다.

아들은 어불성설 친구의 알짜배기에도, 그렇다고 종중의 변두리에도 견주어 볼 깜냥이 되질 않는 자신의 알량한 보상금 뭉치 앞에서 이루 헤아리기 어려운 인생의 허망함을 자신과 아래위를 가릴 것 없이 차차로 느끼게 된 성싶었다. 뚜렷하니 잘 나지 못한 자식이, 그 자식을 버리고 떠난 매정한 어미가, 그 어미를 단단히 붙들어 매어 두지 못한 부실한 지아비가 속속들이 알고 보면 다 가련한 중생이었다. 그리고 그 모든 하화중생의 사명을 다하지 못하고 서둘러서 돌아가신 아버지도 따지고 들자면 불쌍하고 안되었기로는 그 누구에게도 견줄 바 없이 으뜸이었다.

"누가 다 갈기갈기 노나 먹고 부스러기도 안 남은 그깟 서나캥이 토지 보상금 때문만으로 이러는가? 돈도 돈이지만 우리 집의 빼앗겼던 거 뭐이냐? 정당한 인격적 권리! 그려……, 우리 삼대의 핏줄로서 자격! 그런 거를 다시 찾고 이제부텀이라도 인정을 해 달라 이런 거지! 사실 톡 까놓고 말하자면 나는 그것 말고는 별것도 딴것도 없었어!"

노모가 익히 짐작했던 바대로 인제 와서 법적인 효력이 미약한 족보는 몰라도 이미 고인이 된 분의 호적, 정확하게는 제적등본을 바로 잡기는 아주아주 어렵게 되어 있다는 친구의 답변이 친히 육성으로 아들에게 당도하였다. 아들 역시 이날까지 악착하니 지킬 것은 없었을망정 세상 돌아가는 물색을 전혀 모르지는 않느니만큼 잠깐 먹었던 한스러운 생각을 오랜 친구에게 발설한 것으로 위안을 대신하고 이제 그런 마음은 닫으려는 눈치였다. 노모가 보기에도 그러지 않으면 되지도 않을 일에 저만 아등바등 가뜩이나 힘들게 생겨 먹은 터이기도 하였다.

"뭐? 근디 정확하게 언제가 될지는 모르겄지만 장차 더 수용이 될 수도 있다구? 아, 그러니께 시방 친구 자네 말로는 우리 종중의 나머지 선산 바로 코앞으로꺼정 그놈에 행정 주도 땅덩이가 뻗쳐 올 수도 있을 거 같다는 거 아니여? 하긴 아래로 내려갈 데는 무지막지한 크리스 강에, 즉 다시 말하자면, 노에지드 시티에 맥혀 있으니께 더 세를 키우자면 이미 다른 아파트고 공장이고 해서 제법 큰 동네들이 들어선 양쪽 가생이로도 아니구 무주공산 우리 시골 마을을 향해서 올라오는 수밖에 없는 것은 당연한 이친디……."

그 연세에 비해서는 귀가 성한 편이어도 노모가 그 목소리를 직접 들을 수 없는 아들의 친구는 그리운 고향 외로운 친구의 막막한 한풀이 넋두리니 하는 것보다는 멀리 떠나간 타향에서도 눈에 삼삼하게 그려지는 고향 땅에 더 관심이 많은 듯하였다. 가만 몇 차례 들어 보아하니 그게 특별히 이번 건에만 그런 것이 아니고 늘 그 모양, 그 짓거리로 먹고 살아온 기색이 역력하였다. 그러니 입으로는 자기는 아무 상관이 없다고 하면서도 남의 집안 재산 문제에까지 통달해 있는 것이 아니겠는가?

친구도 알고 있는 일을 어쩌면 관계자 격인 아들도, 또 그 아들의 어머니도, 혹은 그 아들의 아들도 실상은 모르고 있지는 않을 수 없었다. 물론 아직 한참이나 더 많이 남아 있다는 종중의 땅이야 그게 장차 수용이 되든 말든 실제로는 어떻게 될지는 이제 겨우 금시초문으로 도무지 알 수가 없는 일이었다. 그러나 그에 비해서는 얼마 되지도 않을, 이미 보상 처리가 끝난 땅은 한동안 그 명문가에서 분란이 제법 크게 일었던 것이다.

정치적인 표현으로 줄이자면 주류와 비주류의 대립! 구체적으로 주류의 입장으로 보자면 생각지도 못했던 곁가지들의 감히 밥숟가락을 들이댄 어처구니없는 도전. 그리고 그 반대의 시각에서는 어떻게 하다 보니까 떡을 손에 쥐고 있었을 뿐이었음에도 자기들끼리 알아서 다 해먹은 일종의 횡령이나 엄연한 법적 비리!

노모에게는 천만다행으로 애초부터 아들은 그 소란스러운 아귀다툼에서 한 걸음, 아니 두 발짝 이상 멀찍이 벗어나 있었다. 정확하게는 사태가 허망하게 어영부영 마무리되어 갈 때까지도 발을 들이밀 처지도 생각도 아닌 듯하였다. 주류는커녕 곁가지 축에도 속하지 못하는 자신이 모양새야 어떻든 그 그늘 안으로 들어오라는 제안을 일찍이 단호하게 거절한 적이 분명히 있길 않은가? 그랬었는데 친구의 높이 떠 있는 허공의 구름 잡기식의 부정확한 개발 관련 정보가 그간 야금야금 달라져 오고 있던 아들의 마음을 그만 확실하게 붙잡아 버리고 말았던 것이었다.

"인저 와서 다 늦게 얼쩡거려 봐 봐야 콩고물 하나라도 흘려 줄 사람들이 절대적으루다 아닐 거인디……, 쟈는 대관절 왜 저러는지 모르겠네! 지 마음적으로야 그렇다고 해두 괜히 제풀에 나서서 저러다가 생기는 거 하나 없이 문전박대는 모르겠구……, 이리 갈구치구 저리 채이구 하다가는 종국에는 깨박살이 날 거인디. 아, 또 저는 저라구 쳐! 왜 느닷없이 지 아들내미까지 출썩거리려고 드는 거여? 아이구, 다 늙어서 이

년의 벼라먹을 놈의 팔자야!"

"지는유 안 갈쳐유! 괜히 갔다가는 멜없이 나 어렸을 적처럼……."

"그랴? 하기는 얼마 뫼지도 않을 그깟 놈의 시사에까지 니가 갈 필요는 없었지? 대신에 담번 묘제 때는 꼭 찾아뵙구……, 어찌 되었든 니나 내나 정식으루다가 면전에서 인사를 지대루 차려야 혀!"

"아, 글씨 지는 지금도 그렇구 다음에도 그렇구 도통 일 때문에 짬이 안 날 것 같은디유. 그리고요……, 그럴 시간이 있어도 좀 거시기해 나서 그러기가 싫쿠만유! 그러니께 아부지도 고연히 또 나처럼 봉변이나 당하시지 마시구……. 아, 모르겠슈! 가든 말든 자기 맘이니께 알아서 잘 하슈!"

"하, 고놈의 자식! 지 애비가 장차 인륜지대사를 앞두고 있는디 내뱉는 말뽄새 하구는……. 관둬, 임마! 지 싫으면 마는 거지, 뭘!"

그 순간 말고도 중년의 아들은 인제 갓 투표권을 얻은 손자보다도 판단이 좀, 실은 많이 부족해지기 시작하였다. 팔순의 노모가 어미로서나 할미로서 보기에 좀 뭣하기는 하였다. 그래도 안으로 휘는 팔을 잡아 흔들며 많이 쳐 줘서 일종의 본능이라고 할 수는 있겠는데, 그렇게 보나 저렇게 보나 현상은 마찬가지일 터였다.

손자 역시 지금까지 만 스무 해를 살아오면서 쌓아온 불투명한 식견보다는 기억에 남아 있을까 말까 한 어린아이 때에 당했던 저한테는 몹시 충격적이었을 사건에 크게 의지해서 제 아비에게 대거리를 해대곤 하였다. 당장 올가을 아니면 내년 봄에라도 군대를 자원하겠다는 그 아이는 나아가서 그 아둔하기 이를 데 없는 아비를 깨우쳐 보려 기를 쓰고 있는 것이었다.

"쟈는 속에 피뿐만이 아니라 겉으로 타고난 때깔도 우리 집안 씨가 확연히 아닌 거이 분명하지? 하기사 씨앗도 확실하지 않은 디다가 밭까지 완연히 남의 밭인디 어디 딴 디로 갈 디가 있을라구! 이잉……, 안 그려?"

"그래두 귀하게 얻은 지 새끼라구 아 애미보다두 지 엄니보다두 엄청 금지옥엽 애지중지 벌벌 떨구 있다는디……. 아무리 속으로야 먹은 마음이 없으신 말씀이래두 한번 휘까닥하면 지랄맞은 쟈 애비 귀에 들어가지 않게 아무래두 조심은 해야 할 끼유!"

지금 새로 주 청사니 또 뭐니 하는 것들이 대대적으로 들어섰다는 저 아래 동네에서 닥치는 대로인 막일이든 기한을 정해 놓은 조금 괜찮은 일이든 가리지 않고 용돈을 넘어선 제 밥벌이에 나서느라고 가뜩이나 더욱 검게 그을려 보이는 손자가 그나마 뽀얘 보이던 시절이었다. 동네 조무래기들 틈에 섞여서 놀고 있던 손자를 용케 알아채고 명색이 집안의 할아버지뻘 되는 자리라는 위인들이 무심코 면전에다 놓고 나눈 대화를 안 그래도 눈치가 빤한 아이가 듣게 된 것이었다. 그리고는 한동안 자기들 말마따나 씨도 밭도 아닌 애먼 할머니한테 몰래 뒤로 닦달질을 해대어서 못내 힘겹게 하였던 적이 저도 잊히지를 않는 모양이었다.

하지만, 지금! 그랬던 아이의 아버지인 다 늙은 아들은 모든 것을 싹 다 지워 버리고 새사람이 된 듯하였다. 온통 검고 새까맣던 지나간 모든 기억을 한꺼번에 씻어낼 수 있었던 성능 좋고 커다란 지우개 덩어리는 물론 가문의 땅이었다. 그런데 그 지우개의 한쪽에라도 손을 댈 수 있게 해 준 사람은 아들의 저 먼 어릴 적 친구가 이제는 아니었다.

그렇다고 시시각각 세를 뻗쳐 온다고 믿고 있는, 실상은 아주 요원한 주 청사 배후지로서의 개발 가능성도 아니었다. 뜻하지도 않게 그것은 지난번 일차 토지 수용에서 다소 소외되었던 과거 명망가 문중의 이른바 비주류 어른들이었다.

"아이구, 시상에! 그 어른들은 인품이나 행동거지가 전연 달븐 분들이시라니께유! 어릴 적서부텀 나를 보덜 않구 사셔서들 그런지 우선은 나헌티 일언반구 집안 우세 따우가 없으셔서 좋아! 그러니께, 거 뭐이냐……? 옛날 군수구 지금 시장이구 하다못해 의원 나리, 주지사 양반 등등이 많이 쓰시는 점잖은 말루다가 차별과 편견이 없이 공평한 한집안 자손으로 평등하게 대해 주신다, 이 말이유! 내 말, 그러니께 이런 내 맘을 알겄슈, 엄니는? 당연히 알지! 왜 모르겄어? 이날 입때꺼정 살면서 그 빌어먹을 세월 동안 봐둔 게 또 얼만디?"

아들이 저 혼자 묻고 저 혼자 대답할 정도로 푹 빠진 전혀 다른 집안 어른들이라는 존재의 정체가 그래도 사람대접 못 받아서 원망스러운 원근 친척들보다 나을 것 하나 없는 위인들이라는 사실을 모르고 있는 것일까? 아니면 어느 정도는 짐작하면서도 일부러 모르는 척 애써 외면하고 있는 것일까? 나 어린 손자도 눈 귀 어두운 노모 자신도 다 눈치를 채고 있는데 정작 당사자가 모른다면은 그것은 영락없는 천생 팔푼이요, 알고도 그런다면 천하의 모사꾼이 다 된 것이겠다.

그 땅값 집값 모든 게 비싸기만 하다는 루어스 메트로에서 굴러먹다가 어릴 적 불알친구가 터득한 비상한 재주를 아들은 여기 싸구려 시골 구석에 앉아서도 저절로 깨우쳤으니 너끈하게 상찬받을 만도 하였다.

노모는 그 나이에 별로 써먹을 데도 없는 불알 두 쪽 말고는 유달리 가진 것 없이 부실하게 늙어가는 아들이 그러는 속마음을 모름지기 애미가 된 도리에서 모를 수가 없어서 가슴 한구석이 또다시 어쩔 수 없이 자꾸만 저려 왔다.

당연히 되지도 않을 일이겠지만 혹시 또 누가 알 것인가? 다 늙어서 익힌 재간 하나가 족보에도 없는 그놈의 종중 땅을 들어먹게 할지도. 여기서도 멀지 않은 동리에 생각도 못 하던 행정 주도가 들어서는 바람에 사세가 이렇게까지 미친 것처럼 뜻하지 아니한 일은 아닌 밤중에 도적질하듯 닥친다질 않는가. 그렇게만 된다면 아들보다 더 철이 든 손자에게도, 그 손자의 잃어버린 어미에게도, 그리고 곧 유명을 더불어 할 자신의 부모 앞에서도 떳떳하니 아쉬운 대로 면을 세워볼 수도 있을 것인데. 아무렴! 저 자신 반백 년 맺힌 한풀이보다야 어찌 더할 수 있을 것인가. 그런데 누군가는 잘한다, 잘한다, 하고 있다지만 저 짓거리는 아마도 반드시 막아야 할지 싶었다.

"아, 그려어! 이번 시사에는 점잖게 그냥 맛만 쬐끔 보여 주는 겨! 접짝 어른들 말씀도 일리가 있구 전연 틀리지는 않는 좋으신 말씀이니께……, 다아 존 게 좋은 거라구 입짝 어른들께서도 긍정적으루다가 아무쪼록 생각을 좀 해 주시구……, 일정하게 의견이 뫼지면 아주 좋은 길일에, 그러니께 예를 들자면 다음 묘제 날에 양쪽 어른들이 조상님들 무덤 앞에서 다 모여서 타협이든 합의를 보자 이러구! 아, 지난번 토지 보상 같은 횡재수가 자네 말대루 언제 또 닥칠지는 아무도 모르겄지만……, 우리 자손들 생각해서 이런 식으루다가 양단간에 뭐라두 결정을 지어 놓으문 장차 집안 시끄럽구 동네 챙피한 일은 피할 수 있을 거 아녀! 뭐, 내 뜻대루 안 되면? 법적으로는 그럴 가능성이 더 크다구? 아, 그때는 휘발유 통 먼저 뿌리구 싸그리 불 싸질러 뻗지는 거여! 땅이구, 무덤이구, 뒤져서 자빠져 있는 뼉다구구, 살아서는 서 있는 사람이구……. 왼통 뻘겋게 불살르구 나두 새까맣게 타 죽으면 다 그만인 거여! 아, 이 사람아! 왜 웃어? 왜, 내가 한다문 못할 거 같어? 어뗘? 어디 한번 두고나 볼텨? 나를 그저 살아서 보는지 죽어서나 다시 만나는지!"

크리스 더비 관전기

"더비는 무슨 더비고, 대전은 또 무슨 대전이야? 분위기가 이렇게……."

소년은 아버지가 무슨 말을 하려다 말았는지 잘 알 수 있었다. 그만큼 나이에 비하여 소년이 숙성하여 아버지의 속마음까지 헤아릴 정도로 눈치가 빨라서가 아니었다. 아무리 둔감해지려 하여도 자신이 느끼기에 이 상황에 어울리는 단어는 딱 하나밖에는 있을 수가 없다는 생각이 들었기 때문이었다.

'썰렁……, 하기는 하다!'

차마 입 밖으로 낼 수 없었던 솔직한 마음을 안으로 접으며 멀리 도심으로부터 접근하던 한적한 도로며, 여유 있게 비어 있던 주차장으로 인하여 아버지가 덜었을 불편함을 대신 되돌려 주고 싶었다. 다행히 그러지 않았더라면 차 댈 곳을 찾느라고 아버지는 물론이고 자신도 경기 시작 직전에 입장하기에 다소 빠듯할 뻔했던 분주함을 피하지 못했을 것이었다. 물론 집에서 약간 늦게 출발하기는 했어도 그런 일이 실제로 일어날 확률은 매우 희박하겠지만.

엄밀하게는 더비의 성립 여부를 떠나서 사만 관중 이상을 수용할 수 있는 거대한 축구 전용구장의 입지부터가 더 큰 논란거리였다. 분명 뮤니서플 노에지드 유나이티드만의 홈구장이었음에도 불구하고 현재 행정 구역상으로는 아두만 자치 타운에 속해 있는 까닭이었다. 물론 도심까지의 거리로만 따진다면은 당연히 크리스 강의 아래쪽 연안으로까지 세를 넓혀왔던 노에지드 시티가 훨씬 더 가깝겠지만 강 건너편은 어김없이 아두만 자치 타운이 관할하는 것으로 오래전에 결론이 나버렸던 것이었다.

"그래서 내가 애초에 월드컵 경기장 건립 얘기가 나왔을 때 도심의 옛 시민운동장을 허물고 새로 짓는 것이 훨씬 낫겠다는 예전 팬클럽들의 주장에 동조했던 거 아니야? 조금 북적거리면 어때? 축구 시합을 매일 하는 것도 아니고 말이야!"

소년이 이 세상에 태어나기도 제법 한참 전의 일이어서 확인할 길 없는 아버지의 말은 이해할 수 있는 구체적인 사실들과 도무지 그럴 수 없는 근원적인 부분이 마구 뒤섞여 있었다. 마치 서로 꼭 빼닮은 듯한 부자가 전혀 다른 저지를 입고 한적하기까지 한 스타디움의 본부석 건너편 2층 스탠드에 지금 덩그러니 앉아 있는 것처럼 말이었다.

소년은 우선 아두만 자치 타운에 거주하고 있으면서도 아버지가 지역의 라이벌인 노에지드 유나이티드를 응원하는 이유를 도저히 이해할 수가 없었다. 자랑스러운 새 아두만 자치 타운의 주민이라면 자신처럼 FC 아두만 캐피탈스의 진짜 서포터스여야 마땅할 터인데도 아버지는 도대체가 자신의 고집을 꺾을 생각이 없어 보였다. 소년의 몇 차례인가 간절한 부탁에도 요지부동, 전혀 가망이 없었다.

"네가 나중에 커서 루어스 메트로로 올라가서 살게 되었다고 해서 FC 아두만을 버리고 그 도시의 팀들 가운데 한 팀으로 막 갈아탈 수 있겠니? 아무리 1부 리그에서 우승을 다투는 명문 팀들이라고 해도……."

그때마다 한결같이 아버지가 말끝을 흐렸던 여러 이유 가운데 혹시 캐피탈스를 인정하는 격이 될까 보아서라는 가능성 하나만을 떠올릴 정도로 소년은 태생적으로 프랜차이즈 팀의 비록 나이는 어리지만 엄연한 골수팬이었다. 그러나 그만큼 연방 리그, 그것도 2부 리그에 불과한 축구에 얽혀 있는 난마처럼 복잡한, 결국은 다시 또 정치의 그늘일 수도 있는 어둠을 감지해 내기는 어려우리만큼 지나치게 해맑았다.

'아마도 아빠한테는 무척 미안한 일이겠지만, 서포터스 카페에서 오늘 경기만 잡으면 1부 리그 승격의 교두보를 확보할 수 있다고 그랬는데……. 그런데, 교두보라는 말뜻은……, 크리스 강을 건너서 노에지드 시티까지도 먹겠다는 건가? 야! 드디어 시작한다.'

주심의 킥오프 휘슬이 울리고 나서도 추가로 입장하는 관중은 드물었다. 다 해야 십 분의 일도 되지 않을 삼천여 명 정도가 그야말로 썰렁하게 드문드문 자리를 채우고 있을 뿐이었다. 정확히 가늠하기는 어렵겠지만 대략 하나와 둘의 비율로 각자 아두만과 노에지드를 응원하고 있지 않을까 싶었다. 소년도 아버지의 불평처럼 더비라는 호칭의 명분이 다소 무색함을 인정하지 않을 도리가 없었다.

"1부 리그에 속해 있을 때는 그깟 놈의 더비 따위는 없었어도 이 정도까지는 아니었는데……. 보통 절반 가까이 관중석을 채워 주던 사람들이 다 어디로 갔는지 알 수가 없단 말이야. 사커 메트로 어쩌구 하면서…….. 아이고, 저러언! 내가 저럴 줄 알았다니까!"

아버지를 응시하느라고 잠시 한눈을 파는 사이 공이 감쪽같이 사라져 버렸다고 생각했는데, 잃어버린 공을 다시 찾는 일을 도와준 것은 역시 아버지의 장탄식이었다.

노에지드의 골문 안쪽에 멈추어 서 있는 둥글고 하얀 물체!

분명 골이었다. 소년은 허공을 향하여 빈 하이 파이브 세리머니를 시도하며 크게 환호성을 질러 어린아이다운 기쁨을 잠시 표하기는 하였다. 그러나 적당한 선에서 멈추어야 함도 곧바로 느낄 수 있었다.

"어떻게 골키퍼에게 백패스 하나를 제대로 못 해서 경기 초반부터 자살골을 먹고는 난리야? 이러다가는 1부 리그 재진입은커녕 2부 잔류도 쉽지 않겠는걸. 원정 같지도 않은 홈구장에서 이런 망신이나 당하고 있으니……. 자, 자, 힘내자구! 뮤니서플 노에지드 유나이티드! 파이팅!"

팀의 풀네임을 정식으로 외칠 정도로 아버지는 사뭇 진지해져 가고 있었다. 그만큼 나름 올드팬으로서의 간절함도 강할 터였다. 지금 소년이 자신의 팀을 향한 애착을 키워나가고 있듯이 소년의 아버지 또한 그러했을 것이었다. 그리고 지금 그가 분명 마구 꼬이거나, 아니면 보기에 따라서는 한없이 헝클어진, 썩 내키지 않는 이런 상황을 뜻하지 않게 겪고 있는 것처럼, 소년 또한 앞날을 장담할 수만은 없는 것이 이 세계의 이치일 터였다.

그런데 다행히도 소년은 그런 것을 아직 겪어 보았을 나이도, 구력도 되지 않는 어떤 의미에서는 축구 꿈나무일 뿐이었다. 아무튼 지금은 꿈 많은 팀이 스코어뿐만이 아니라 점유율도 앞서 나가고 있는 전반 초반이 겨우 진행 중이었다. 다만 누가 원정인지 누가 홈인지가 다소 알쏭달쏭한 처지가 여전히 문제라면 문제일 수는 있었다.

팀의 정식 명칭에서 알 수 있듯이 공공연하게 지자체가 운영하는 시민 구단임을 표방하는 뮤니서플 노에지드 유나이티드는 엄밀하게는 일종의 컨소시엄 형태의 기업으로 출발하였다. 별다른 여흥 거리가 없었던 그 시절, 노에지드 시티 주민들의 열망을 담아서 있는 정성, 없는 자금을 한데 모아 창단된 지 어언 반세기! 온갖 우여곡절을 겪으면서도 딱 두 차례만 강등을 경험했을 뿐 1부 잔류의 귀재라는 별칭을 얻으며 꾸준히 중하위권을 유지해 온 연방 리그의 명문까지는 아니었지만 분명 유서가 깊은 팀이었다.

"FA컵에서 딱 한 번만이었지만⋯⋯, 그 큰 우승컵을 들어 올리던 레전드들의 모습은 이 아빠가 죽을 때까지 잊을 수가 없을 거야. 아니지! 죽은 다음에라도 절대로 잊어서는 안 되겠지?"

오십 년 구단 역사를 통틀어서 소년의 아버지가 거의 소년만 했을 때 딱 한 번 리그나 넉다운 여부를 불문하고 우승을 차지한 적이 있었을 뿐이었다. 하지만 나흐만 주의 중부 지역을 대표하는 역사상 거의 유일한 프로 축구팀으로 주민들의 뇌리와 가슴속에 아롱진 심도는 제법 깊숙한 편이었다.

그리하여 초기의 컨소시엄 체제가 무너진 이후로도 줄곧 지자체로서는 자신들이라도 나서서 팀을 맡아 운영해야겠다는 책임감을 강하게 느낄 수밖에는 없었던 것이었다. 한때는 시민 구단으로서는 우수 사례니 모범적인 경우니 하며 중앙의 여러 매스컴에 오르내린 적까지 있었다.

"이러다가 오늘도 지면 또 무슨 얘기들이 나오게 될지 생각만 해도 지긋지긋하다. 차라리 끔찍하다고 말하는 게 어쩌면 솔직할지도 모르겠지만……."

그러던 것이 최근에는 그 정반대의 의미에서 지역 언론의 입방아 거리로 전락한 것이 소년의 아버지로서는 안쓰럽고 못마땅한 모양이었다. 웬일인지 잔류의 귀재가 요 몇 년 사이 세 번째로 2부 리그로 떨어진 뒤 다시는 영 힘을 못 쓰고 승격 일보 직전에서 나동그라지거나, 그것도 아니라면 더욱 멀어져 가고 있는 실정이었다.

솔직히 유나이티드 팬들이나 구단 관계자 할 것 없이 누구나 심각한 위기라고 인정하지 않을 수 없는 중차대한 현실이었다. 특별히 지역 민방 채널을 통하여 라이브로 실시간 중계가 나가고 있음에도 불구하고 자책으로 선취점을 허용한 뒤 질질 끌려가고 있는 지금의 경기 내용이 그 사실을 극명하게 보여 주고 있질 않은가?

'앗싸, 이대빵까지! 진짜로 기가 막히는구나! 저 정도 중거리 슛이면 1부 리그에 비해서도 전혀 빠지지 않는 골이라고 해야 할 것 같은데……. 골을 넣기 전까지의 빌드업도 정말 환상적이었고……. 일단은 전반이 끝나기 전까지 이 스코어를 지키기만 하면 노쇠한 노에지드가 힘이 쏙 빠져버리는 후반전은 승리에 아무런 문제가 없을 거야.'

소년은 이번에는 추가 골이 들어가는 과정을 처음부터 끝까지 선명하게 지켜보며 아까부터 자주 고개를 떨구어 버릇하던 아버지가 그것을 정확히 보았는지 확신이 서지를 않았다. 그래서 첫 골 때와는 달리 소리를 질러 환호하지를 못하였다. 만에 하나 아버지가 보았다손 하더라도 혼자서만 기뻐해서는 안 될 것 같다는 생각에 입 밖으로 표현을 하지는 못하였을 거니까 어쨌든 결과는 마찬가지였다. 그러나 다시 한번 왜 아버지는 자신과 함께 FC 아두만을 응원하지 못하는가를 의아스럽게 여기게 되었다.

"이게 결국에는 아두만 때문이야! 아두만만 없었어도 이렇게까지 되지는 않았을 텐데! 자, 자, 어쨌든 이제라도 힘을 내자구! 뮤니서플 노에지드 유나이티드! 다시 한번 파이팅!"

도저히 자신과 같은 편이 될 여지를 추호도 열어 주지 않는 아버지는 포기하는 편이 낫겠다. 나이에 비하여 다소 명민한 소년은 빠르고 정확한 판단으로 스스로를 절제할 수 있었다. 그러나 아버지가 말하는 아두만 때문이라는 표현이 함축하고 있는 착잡한 의미를 포용하기에는 아직 어렸다. 단, 일차적으로 그것이 FC 아두만 캐피탈스만을 지칭하는 것이라면 기꺼이 자신감이 차고도 넘치도록 받아안을 수 있었다.

'아무리 프랜차이즈 역사가 오래되었다고는 해도 이제는 우리 FC 아두만에게는 안 된다니까! 나흐만 중부권을 지배하는 새로운 강자는 엄연히 우리라구! 오늘도 원사이드하게 이겨서 그 사실을 어디 한번 제대로 보여 주어야지! 그런데 운동장 문제는 어떻게 되어가고 있는 거지? 언제까지 이렇게 같이 써야 하는 거야. 불편하지들도 않나?'

문제는 캐피탈스가 아두만 자치 타운으로 연고지 이전을 감행하면서 촉발되었다고 보아야 하겠지만 더 크고 깊게는 아두만 자치 타운 자체에 내재해 있었다는 사실을 소년이 이해하고 있기는 매우 어려웠다. 당당히 굴지의 중견 금융 그룹을 모기업으로 하여 창단된 캐피탈스의 애초의 근거지는 오롯이 주도였던 루어스 메트로였다. 오랜 기간 같은 도시를 연고지로 하고 있던 기존의 양강 체제를 깨겠다는 기치를 내세우며 힘차게 첫발을 내디뎠으나 축구를 포함해서 어디 세상일이란 게 뜻처럼 녹록하기만 했겠는가?

사실 최단 기간 내에 2부를 뛰어넘는 리그 신기록을 세우며 주 최대의 도시를 호령하는 트리오를 형성하겠다는 호언장담과는 달리 단 한 차례도 1부 리그 그라운드의 짙푸른 피치를 밟아보지 못하고 있었다. 게다가 창단 초기의 의욕마저 너무 일찍 시들해지는 것은 아닌가 하는, 그리 많지도 않은 팬들의 의구심까지 일고 있는 지경이었다. 물론 모기업이 온몸으로 맞을 수밖에 없었던 전 세계적인 금융 위기라는 직격탄의 파편으로부터 산하 구단이라고 안전할 수는 없었던 지극히 평범한 이치가 크게 작용한 까닭도 있었겠지만 말이었다.

"애당초 자기들 계획대로 1부 리그에 올라갈 수 있었다면 그 크고 좋은 시장을 버리고 비록 행정 주도라지만 빛 좋은 개살구 하나만을 바라보고 이곳 시골로까지 옮겨 왔겠어? 또 모르지! 이러다가 어렵사리 1부에 합류를 하게 되면 그때는 또 어떤 바람에 편승하려고 들지."

소년은 아버지가 계속해서 표하고 있는 불만이나 의심이 노에지드 유나이티드에서 FC 아두만으로 옮겨가고 있음을 눈치챌 수 있었다. 그래도 크게 기분이 나쁘지 않았던 것은 그 안에 노에지드의 몰락과 아두만의 중흥이라는 객관적인 사실이 담겨 있었기 때문이었다. 그것이야말로 소년이 굳게 믿고 바라던 바였다. 그리고 그것이 바야흐로 아버지와 소년의 눈앞에서 생생하게 실현되어 가고 있질 않은가?

아직도 스코어는 여전히 2:0!

지금은 약관의 FC 아두만 캐피탈스가 관록의 뮤니서플 노에지드 유나이티드를 넉넉하게 앞서고 있는 신생 크리스 더비 전반전 경기가 녹색의 그라운드 위에서도, 고선명의 TV 화면 속에서도 한층 무르익어 가고 있었다.

우리 나흐만의 새로운 주도 아두만 자치 타운!

이곳에서 새롭게 출발하는 저희 캐피탈스를 많이 많이 사랑해 주십시오!

여러분의 성원과 관심에 훌륭한 성과로 보답할 것입니다.

새로운 시대의 패러다임을 함께 열어 가는 아두만과 캐피탈스!

2부 리그를 전전하던 신생팀이 모기업의 지원마저 시원찮아 지려고 할 무렵에 터진 연고지 이전은 그야말로 전광석화, 아니 그보다는 번갯불에 콩 구워 먹기식으로 이루어졌다. 여기에서 중요했던 사실은 무엇보다도 그 콩 한 쪽을 나누어 먹으려는 여러 무리가 얽히고설킨 막전 막후의 상황이었다.

먼저 캐피탈스는 아두만 자치 타운 당국의 시민 구단 급에 버금가는 물심양면의 지원을 확약받았으니 먹기 좋게 제대로 익은 놈을 골라잡은 셈이었다. 게다가 나흐만 주 정부의 회생 자금 지원 보증까지 이면 계약으로 챙겼다는 풍문이 파다했으니 속된 말로 볼 장 다 본 꼴이었다.

행정 주도 이전을 계속해서 추진해 왔던 서로 당을 달리하는 전, 현 집권 세력들로서도 정치와 스포츠를 망라한 소위 윈-윈 전략의 성공적인 사례로 치부해 둘 만했다. 멀리는 주도의 완전한 이전까지 염두에 두었던 그들로서는 지지부진한 행정 주도의 완성에 가시적인 힘을 보탤 수 있는 것이 기존의 주도인 루어스 메트로 소재 축구팀의 연고지 이전이었기 때문이었다.

주민들에게는 체감도가 떨어지는 행정 기관의 이전보다야 프로팀 하나가 직접 옮겨오는 것의 상징성이 훨씬 더 크다는 사실을 놓칠 리가 없는 영락없는 정치인들 아니었겠는가? 그래서 적당히 구워삶으면 자신들에게 떨어질 콩고물도 적은 양은 아닐 거라는 타산 역시 빼놓지는 않았을 것이라는 사람들의 짐작 또한 허황하지만은 않았었다.

그래도 볼 만한 것 하나 없는 이 삭막하고 심심한 도시에 프로 축구팀이 하나쯤 있는 것도 그리 나쁘지는 않은 일이지!

이제 노에지드는 노에지드고 아두만은 아두만인 상황이 되었으니까…….

실질적으로 십만을 넘었느니 못 넘느니 하는 아두만 자치 타운의 초기 이주자들 가운데 어떤 사람들은 콩이거나 고물이거나를 눈감아 주려 하였다. 실은 탁월한 정치의식보다는 본능적인 경제적 감각에 의지해서 선택된 경우가 적지 않았던 이주였다. 그렇기에 더욱 적막해진 아두만 자치 타운에서의 삶을 무엇에서건 위로받아 보겠다는 편의한 심리였을 것이다.

몸소 스타디움으로 찾아 가든 그러지 않든 간에 우리에게도 남들 못지않은 어떤 결속 거리 하나는 생겼다는 마음으로 처음에 그들은 캐피탈스를 받아들였으리라. 물론 연고지 이전 이후 세대인 소년이 태생적으로 FC 아두만과 함께 성장해 온 것과는 분명 다른 차원이었겠지만, 그렇게 아두만 자치 타운의 주민들은 강 건너편의 오랜 친구였던 노에지드 유나이티드를 멀리하게 되었을 것이었다.

올 수만 있으면 올라오라!

우리는 언제나 변함없이 거기에서 기다리고 있겠다.

나흐만 중원을 새로이 뒤흔들 축구 대전을!

그러나 한동안은 이러한 난마가 한 자락이라도 기존의 뮤니서플 노에지드 유나이티드에게까지 드리워질 가능성은 거의 전무하였다. 왜냐하면 두 팀은 1부와 2부로 갈리어 엄연히 격이 다른 팀으로 인식되고 있었기 때문이었다. 오죽하면 노에지드 유나이티드 팬들 사이에서 FC 아두만이 1부 리그로 승격해서 이른바 크리스 더비든 나흐만 중부 대전이든을 벌이는 장면을 상상해 본다는 축원인지 조롱인지 모를 묘한 인사치레가 나오기조차 하였겠는가?

좋게만 보자면 터줏대감이 이런 넉넉한 아량을 지닐 수 있었기에 당분간은 홈구장을 같이 나누어 쓰자는 제안을 기꺼이 받아들일 수도 있었던 것이었다. 신생 도시로서 갖추어야 할 여러 기반 시설이 현재도 다소 그렇지만 크게 부족했던 당시 아두만 자치 타운의 여건상 피치 못 할 일이기는 하였다. 그러나 절대로 자기들처럼 거의 무상 임대를 허용할 리는 없었으되, 지금에 와서 새삼 돌이켜 보아도 당시의 노에지드 시티로서도 흔쾌하고 용이한 결정은 분명 아니었다.

그랬었는데 이제는 구장 문제부터가 불편하고 어려운 일이 되어버린 것이 마치 두 도시의 관계를 단적으로 상징하는 감마저 없지 않게 되어버린 것이었다. 먼저 웬 영문인지 아두만 자치 타운 당국은, 나아가서 나흐만 주 정부는 프로 리그를 치를 만한 수준의 새로운 스타디움을 건립할 의사가 없어 보였다. 처음에는 다소 설익는 듯은 하였으나 간간이 이만 수용이니 삼만 수용이니, 혹은 전용구장이냐 종합운동장이냐를 놓고 저울질을 하는 모양새를 보이기는 하였었다. 그러다가 최근 들어 그 논의조차 쏙 들어가 버린 것이 노에지드 시티 사람들의 심기를 편치 못하게 만들고 있었다.

하지만 점입가경, 그게 다가 아니었다. 정통하게 확인된 바는 아직 없지만, 아두만 자치 타운 측에서 언감생심 노에지드 시티에게 구장의 양도를 요구하고 있다는 설이 끊임없이 흘러나오고 있었다. 그 황당하기 그지없는 요구의 주체가 단지 구단인지 나아가 자치 타운 당국인지 그것도 아니라면 아예 주 정부 차원에서 추진하는 일종의 비밀 프로젝트인지 흉흉한 추측마저 난무하는 가운데 노에지드 유나이티드의 골수팬들뿐만이 아니라 노에지드 시티 주민들 대부분이 느끼고 있는 불쾌감은 이루 형언하기가 어려운 것이 사실이었다.

수척하게 늙어가는 가련한 노에지드!

반면에 그에 기생하는 뻔뻔한 철부지 아두만!

둘의 관계를 다소 과장되게 풍자한 캐리커처가 나돌 정도로 홈구장 문제에 드리워진 상징적인 그늘은 짙고도 깊었다. 가뜩이나 아두만 자치 타운에게 인구며 편의 시설이며 빼앗기고 있는 것들이 많은데 월드컵을 치른 적까지 있었던 유서 깊은 축구 전용구장마저 넘겨주어서야 어디 되겠느냐는 여론이 들들 끓어오를 수밖에는 없었을 것이다. 그리고 거기까지 언급하는 것은 다들 암묵적으로 자제하고는 있었지만 이러다가는 그간 노에지드 시티가 누려왔던 더 크고 더 오래된 도시로서의 지위나 우위가 풋내기 아두만 자치 타운에게 역전을 당하게 될지도 모르겠다는 우려 또한 강한 것이었다.

추가 시간 1분을 정확히 맞추어 주심이 휘슬을 입에 물었다. 오늘은

FC 아두만 캐피탈스가 홈팀의 자격으로 원정팀인 뮤니서플 노에지드 유나이티드를 맞이하여 치르고 있는 연방 리그 2부의 신생 라이벌전! 이름하여 크리스 더비, 혹은 나흐만 중부 대전의 전반전이 스코어 변동 없이 2:0으로 막 종료되고 있었다.

새삼스럽게도 여기는 아두만 자치 타운 외각에 자리한 노에지드 월드 컵 경기장으로 광활한 스탠드는 더비 시작 직후보다 관중이 오히려 조금 줄어든 감마저 들게 더욱 듬성듬성해 보였다. 소년과 아버지가 썰렁한 경기장의 분위기와는 어울리지 않았던 둘만의 팽팽했던 긴장감을 풀 휴식 시간은 심리적으로도 그리 길지 않을 듯싶었다.

냉정하고 객관적으로 아두만 자치 타운의 입장에 서서 잠시만 생각해 보면 그쪽도 할 말이 전혀 없을 것 같지는 않았다. 엄연히 행정 구역이 나뉘고 자치 당국이 따로 선 마당에 전용구장의 관리 주체를 확실하게 정리해 둘 필요가 있다는 것이 그들 주장의 요체였다. 그것은 단순히 구태의연한 자존심만의 문제가 아니라 실용과 비용의 경제적인 문제이기도 하다는 것은 주장을 뒷받침하는 가장 핵심적인 근거이기도 하였다.

게다가 다소 옹색하고 민망하기는 하지만, 그런 빌미를 노에지드 시티 측에서 제공하고 있다는 일종의 사족도 무턱대고 버릴 것은 못 된다는 논리 역시 성립 가능해 보였다. 그 뿌리는 일찍이 월드컵 유치를 앞두고 각 개최 도시의 경기장 신설 문제가 쟁점으로 떠올랐을 때 내세웠던 노에지드 시티 측의 한결같은 주장이었다. 주도였던 루어스 메트로를 비롯한 여타 도시에 비하여 상대적으로 재정이 열악한 자신들에게는 주 차원이든 연방 차원이든 위로부터의 지원이 더 많이 베풀어져야 한다는 것이었다.

 연방 안의 라이벌인 나흐쿠브 주도 두 개의 도시가 선정된 마당에 나흐만 주만 루어스 메트로 하나로 결정하는 것은 주 정부와 연방 정부 모두 부담스러웠다. 정치적인 배려 차원에서도 지역적인 안배 면에서도 거부하기는 어려울 것이라는 복안을 깔고 들이민 요청이었다. 그래서 건립 이후의 구장 관리만 노에지드 시티 당국에서 담당하기로 했을 뿐 입지 선정에서부터 설계, 시공, 건설 비용 조달 등 모든 행정적, 재정적 절차에서는 한발 물러나 있었던 당시의 속사정은 차라리 공공연한 것이었다.

 오죽했으면 노에지드 시티가, 그리고 시티 산하의 뮤니서플 노에지드 유나이티드가 애먼 월드컵 덕에 너무 큰 떡을 공짜로 거저먹게 되었다는 루어스 메트로를 비롯한 다른 개최 도시들로부터 가해지는 시샘 어린 비아냥을 고스란히 들어야만 했었겠는가? 그런데도 그때 잠자코 주어진 떡을 입에 물고 난 뒤에 마음이 달라졌던 것은 인지상정인 모양이었다.

 예나 지금이나 희유했던 특혜가 당연한 권리로 뒤바뀌는 데에는 긴 시간도 합리적인 절차도 필요치 않았다. 땅도 돈도 별로 들이지 않은 노에지드 시티는 그냥 그대로 사만 이상 수용의 대형 축구 전용구장을 자신들만의 것인 양 여기기로 작정한 모양이었다. 그것은 경기장을 무상으로 사용하는 유나이티드 구단뿐만이 아니라 노에지드 시티 주민들 자신도 마찬가지였다. 우리 유나이티드만의 본거지, 시티의 자부심 노에지드 월드컵 경기장! 이는 이미 일상화된 표현이었다.

 그러다가 연고지를 이전해온 FC 아두만의 경기 일정이 겹치지만 않는다면야 잠시 더부살이 정도는 받아들일 수 있다는 너그러움도 명분과 실리를 모두 고려한 결정이었다. 온전히 자기들만의 것도 아닌 스타디움의 사용을 거부할 법적인 명목이 없었던 노에지드 시티는 대신에 다소 과도한 경기장 관리비를 받고 한 지붕 두 가족이라는 수사를 동원하여 상황을 미화하였던 것이었다.

마치 너그러운 형님 집에 사정이 딱한 동생을 흔연히 들이듯이 말이었다. 그랬었다! 분명 1부 리그 소속의 노에지드 유나이티드가 형님이고, 2부의 FC 아두만은 동생이었다. 그것도 그럴 가능성이 상당히 희박한 FA컵 말고는 맞부딪칠 일이 전혀 없는 사이좋은 형제지간, 아니면 위아래 이웃 간이었다.

그러던 것이 의좋은 1부 리그 이웃은커녕 외려 뮤니서플 노에지드가 2부 리그로 내려와 생각보다 오래 머물게 되면서 위아래가 없는 형제도 아니게 되어버렸던 것이었다. 1부 승격이라는 절체절명의 목표를 향하여 같이 경쟁하는 사이가 되면서부터 지지부진하던 당신네 홈구장 건설을 서두르라는 요구가 노에지드 유나이티드 팬들 사이에서 빈발하기 시작하였다.

옛말에 배은망덕이라더니, 리그를 달리하고 있을 때는 우리도 어서 번듯한 전용구장을 하나 짓자던 아두만 자치 타운의 말이 바뀌기 시작한 것도 그때쯤이었다. 허허벌판 위에 십 년 가까이 새로운 도시를 건설하고 정비하고 관리하느라 재정적인 여유가 없었던 자치 타운 당국과 입장이 같았던 주 정부도 한목소리를 내게 되었다.

노에지드 월드컵 스타디움의 관리권을 아두만 자치 타운으로 넘기는 것이 여러모로 합리적인 해결 방안이다. 경기장의 명칭도 당연히 아두만 월드컵 스타디움으로 바꾸는 것이 좋지 않겠나? 그러면 대략 절감할 수 있는 예산액이 무려⋯⋯!

적반하장도 유분수지, 물에 빠진 사람 구해 줬더니만 멀쩡한 보따리까지 내놓으라는 격이네요!

노에지드 시티 측에서는 사실 내세울 반박 논리가 마땅치 않았다. 법적으로 행정적으로 자신들이 가지고 있는 정당성이 그리 확고하지 않다는 차가운 현실을 새삼 직시하지 않을 수 없었다. 그리하여 인간적 도리라는 감성적 명분을 내세워 대응해 보는 수밖에는 없다 싶었을 것이다. 하지만 그것도 곧 보따리의, 아니 운동장의 원래 주인이 누구였냐는 상대방의 예기치 못했던 반박에 그 빛과 힘을 많이 잃게 되었다. 그렇지만 의지할 데라고는 여전히 동정적인 일부 여론밖에는 없었다.

어려운 이웃에게 안방을 내주었다가 영락없이 쫓겨날 처지의 우리는 이제 어디다 발을 디뎌야 한단 말입니까?

마치 정든 집을 잃고 거지꼴이 되어 쫓겨나는 가련한 집주인인 양 행세하는 전략도 효과가 없기는 마찬가지였다. 도대체가 언제 적부터 집주인이었느냐? 그럼 월드컵 스타디움 이전에는 무주택자였단 말이냐? 사실 따지고 들면 다주택자 아니겠느냐! 등등의 반론이 끊임없이 논리적으로 진화를 거듭해 오는 실정이었다.

특히 다주택자 운운이 결정적으로 발목을 잡게 될 줄을 심각하게 고려하지 못한 노에지드 시티 당국과 노에지드 유나이티드 구단의 근시안이 뼈 아팠다. 월드컵 스타디움 건립 이전에 오랫동안 홈구장으로 사용해 온 구도심의 낡은 시민운동장이 아직 거기에 남아 있었다. 그것도 축구와 육상의 종합경기장을 비롯하여 야구장과 체육관, 수영장을 포함하는 일종의 스포츠 콤플렉스 형태로 재개발의 손길을 기다리고 있었던 것이다.

요는 최신식 대규모 야구장의 신축을 잠시 유보든 아예 재고든 하고 시민운동장으로 다시 돌아가면 될 일이라는 것이었다. 남의 지역으로 강을 넘어가야 하고, 게다가 도심에서 다소 애매하게 벗어나서인지 관중석의 절반을 채우기도 어려운 월드컵 스타디움보다는 접근성이 좋고 아담한 옛 홈구장이 오히려 2부 리그 경기를 치르기에는 더 적격이 아니겠느냐는 주장이었다. 전용구장이 아니어서 관람에 다소 불편한 점이 있을 것이라는 가능한 반론도 소용이 없을 듯싶었다.

뻔한 대안으로 제시될 법한 최근 축구 전용구장이 없는 도시의 팀들마다에서 유행하고 있는 본부석 맞은편 육상트랙 위와 골대 뒤의 가변 좌석뿐만이 아니었다. 뮤니서플 노에지드 유나이티드 구단 차원에서 종종 올드팬들의 추억을 되새긴다는 취지로 옛 홈구장에서 몇몇 경기를 치르는 전통적인 이벤트를 최근까지도 계속해서 시행해 온 사실이 디딜 곳 모르겠다던 그 발목을 꼭 붙잡고 있었다. 그야말로 진과 퇴 모두가 쉽지 않은 셈이었다.

아슬아슬하게 빗나갔거나 크로스바를 맞힌 것들까지 성공했더라면 4:0 이상으로 일방적으로 앞서갈 뻔한 전반전의 분위기는 후반전이 시작되면서도 한동안은 별반 달라지지 않고 있었다. 노에지드 유나이티드 선수들이 무작정 기를 쓰고 달려드는데도 아랑곳하지 않고 FC 아두만은 침착하게 자신들의 축구를 하고 있었다. 2부 리그에서 1, 2위를 다

투는 전력 그대로 안정된 경기 운영이었다. 어찌 보면 그 노련함이 팀의 전통이 제법 잡힌 듯한 감마저 주고 있었다. 그에 비하여 노에지드는 마구 서둘러대기만 하는 미숙함이 신생팀을 방불케 하였다.

"적이지만 사실은 만만치는 않은 전력이야! 이러다가 진짜로 내년 시즌에 FC 아두만만 1부 리그로 직행하게 되는 거 아니야?"

'그걸 인제야 아셨어요? 그렇게만 되면 우리 팀이 창단되고 나서 최초이자 최대의 겹경사가 되겠지요! 아, 생각만 해도……!'

"그리고는 원래의 캐피탈스라는 닉네임에 딱 어울리는 행보를 보이게 되겠지? 이 월드컵 스타디움을 우리에게 다시 양도하고는 말이야. 제발 덕분에 원래 생겨났던 자리로 돌아갔으면……!"

'아빠! 그건 가짜 뉴스라구요! 우리 나흐만 주의 주도는 앞으로 아두만 자치 타운으로 점점 굳어져 갈 테니까요.'

아버지의 말대로 같은 구장을 원정과 홈으로 나누어 더비를 치르고 있는 두 팀의 복잡한 사정을 해결할 수 있는 일종의 원상복구 책을 소년은 도저히 믿을 수 없었다. 노에지드 유나이티드 쪽에서 만들어낸 근거 없는 낭설에 불과하다고 여기고 있을 따름이었다. 그러나 FC 아두만이 1부 리그로 승격하게 되면 원래의 연고지인 루어스 메트로로 되돌아가게 될 것이라는 일각의 추측은 구단 고위 관계자가 일단은 부인했음에도 불구하고 온라인상에서 불씨가 사그라지지 않고 있었다.

애초에 약속했던 전용구장 건설을 이행하지 않고 기존의 월드컵 구장의 관리권 이양만을 요구하고 있다는 점, 그것도 그다지 적극적으로 나서지 않고 한 지붕 두 가족 상태를 암묵적으로 용인하고 있다는 점, 연고지 이전 후에도 변함없이 캐피탈스라는 별명을 유지하고 있다는 점,

그리고 그것이 혹시 주도인 루어스 메트로와 행정 주도인 아두만 자치 타운 두 도시 모두에 양다리를 걸치려는 의도에서 기인하지는 않았겠느냐는 점, 등등이 불씨를 더 키워대고 있는 바람이었다.

소년도 아버지도 잘 알고 있듯이, 그러한 불씨와 바람을 부추기는 유력한 세력은 루어스 메트로에 남아 있는 과거 캐피탈스의 팬들보다는 노에지드 유나이티드의 강력한 지지자들일 공산이 훨씬 컸다. 원래의 주인인 자신들은 2부로 떨어진 마당에 이주자인 FC 아두만이 상위 리그로 올라서는 것을 참기 어려웠기 때문이었으리라. 그래서 그들을 원래의 출생지로 완벽하게 되돌려보내든 아니면 최소한 같은 리그에 붙들어 놓아야 할 필요가 지금 당장 절실했던 모양이었다.

"이제야 만회 골이 하나 터졌군! 깨끗하든 지저분하든 아무튼 골은 골이니까. 아직 시간은 충분해. 뮤니서플 노에지드 유나이티드! 파이팅!"

'결정적인 찬스를 자꾸만 놓치게 되면 결국은 이런 일이 생기게 된다니까! 물론 우리 FC 아두만이 다시 힘을 내서 추가 골을 넣으면 남은 승부에 쐐기를 박을 수 있을 텐데. 엄연히 목표가 다른 팀에게 질질 끌려다닐 수는 없어!'

그야말로 문전 혼전 중에 저절로 데굴데굴 굴러 들어가다시피 한 노에지드 유나이티드의 첫 득점! 빈집에 소가 들어갔든 가뭄에 단비가 내렸든 어쨌든 경기 종료 10분 전이었다. 인저리 타임을 합산해도 채 15분이 남지 않은 시간이었을 것이다.

그런데 축구에서 가히 만병통치약으로 비유되는 골의 효과로 그 뒤 사기가 한껏 오른 원정팀의 압박이 더욱 거세어졌느냐 하면 뭐 별로 그렇지도 않은 상태가 지속되고 있었다. 덜컹대는 추격자의 마음만 급할 뿐, 수비 라인을 두텁게 두르고도 간간이 이어지는 FC 아두만의 몇 차례 기습이 더 결정적이었다.

"한때는 거들떠보지도 않았던 캐피탈스에게마저 쩔쩔매고 있으니 도대체 앞으로 어쩌자는 거지? 축구 하나만 놓고 보아도 이 모양이니 다른 것들은 안 봐도 비디오잖아? 장차 그 많던 인구도, 그 공부 잘하던 학교도, 그 좋은 병원도 다 아두만 자치 타운에게 빼앗기고 별 볼 일 없는 도시가 될지도 모를 일 아니야? 그러니 오늘 경기만이라도 어떻게 좀 해보자구, 제발, 내 고향 팀 뮤니서플 노에지드 유나이티드야! 파이팅 좀 더 하자니까!"

깔끔하고 세련된 최신식의 건물들이 많이 들어선 아두만 자치 타운으로 주거지를 옮겼을망정 소년의 아버지는 어디까지나 노에지드 시티가 자신이 자라고 살아온 터전이라고 굳게 믿고 있는 것 같았다. 어린 소년은 언제나 그 점을 이해하기가 어려웠다. 어디서 태어났든 지금 자신이 사는 곳을 더 중요하게 생각해야 하는 것이 아니겠는가? 그렇게 강 건너 아래쪽의 낡은 도시가 소중하다면 애당초 이사를 오지 말았어야 하는 일이 아닌가? 물론 그랬었다면 축구도 집도 학교도 자신에게는 곤란한 일이었겠지만.

구불구불한 골목길을 한참이나 찾아서 들어가야지만 나오는 아버지의 어머니, 그러니까 얼마 전에 돌아가신 할아버지의 댁 같이 낡고 오래된 집에서 사는 것은 왠지 좀 힘들 것 같았다. 그 동네의 아이들도, 그 아이들이 다니는 학교도 도무지 낯설고 어둡다는 느낌을 갈 때마다 지울 수 없기 때문이었다. 그래도 할아버지는 그곳에서 한평생을 사시다가 돌아가셨으니까 지금 아버지와 같은 말씀을 하셨을 수는 있다고 양보해 줄 수 있었다. 그러나 아무리 생각해도 아버지는 아니었다.

크고 깨끗한 새 아파트에서 살고 있으면서도 자꾸만 할아버지 같은 옛날의 이야기만 해서는 안 될 것 같았다. 마땅히 노에지드 시티 걱정보다는 아두만 자치 타운에 대한 이야기를 더 많이 해야만 옳을 것이었다. 아두만 자치 타운을 정식으로는 행정 주도라고 부르지만, 대부분의 사람들이 줄여서 그냥 주도라고 부르기를 즐겨한다는 사실을, 그리고 왜들 그러는지 그 이유를 어린 자신도 다 알고 있는데 어디 어른인 아버지가 모를 리가 있을 것인가? 그리고 아버지라면 당연히 앞으로 아들의 기억 속에서 그리운 고향으로 새겨져 갈 아두만 자치 타운이 더욱 발전하기를 바라야지 도리가 아니겠는가?

이것저것을 다 떠나서 오늘 함께하고 있는 축구만 해도 그랬다. 자신이 좋아하고 응원하고 있는 FC 아두만 캐피탈스로 도저히 갈아탈 수는 없는 노릇이란 말인가? 썩 내키지는 않더라도 아버지 스스로가 아두만 자치 타운의 주민이 되기로 작정하고 뭐 옛날에는 먼뒤쪽이었다라나로 강까지 건너 이사를 왔으면 당연히 그래야만 한다는 생각이 새삼스럽게 간절해졌다. 너무도 진지하고 무거운 아버지의 표정 때문에 크게 소리 질러서 응원도 하지 못하고 내내 눈치만 살피다가 경기가 다 끝나 버리게 생겼기 때문이었다. 그래도 다행히 2:1로 이기고는 있으니까 그게 소년에게는 큰 위안이 되어 주었다.

"일단 비디오 판독을 해 보라구! 핸들링이 맞는지 안 맞는지? 분명히 수비수의 손에 맞았다니까? 그래! 경기 시간이 다 지났어도 할 건 해야지!"

소년은 7분의 다소 긴 추가 시간이 끝나기 직전의 돌발 상황에 아버지처럼 확신이 서지는 않았다. 우리 선수의 몸에 맞고 공이 골라인 아웃이 된 것은 맞지만 그것이 핸드볼인지는 알 수 없다는 생각이었다. 주심이 사실상 끝난 경기를 멈추어 세우고 VAR 확인을 위하여 저 멀리 본부석 아래쪽으로 달려가는 모습이 TV 중계 화면 속의 리플레이 동작처럼 더디게 흘러갔다.

'아, 제발! 제발! 아무 일도 없이 이대로 경기가 끝나야 할 텐데. 우리가 홈인데도 오늘 판정은 너무 불리했어. 이번 VAR만이라도 제대로 되어서 반드시 이겨야 할 텐데. 나의 FC 아두만 캐피탈스에게 제발 행운의 여신이……. 아! 이런, 망했다!'

자신도 모르게 머리를 감싸 쥐었던 소년이 페널티 골과 함께 종료 휘슬이 울리자 저절로 굵은 눈물방울을 떨구기 시작하였다. 나흐만 주 중부 지역의 터줏대감 뮤니서플 노에지드 유나이티드와 이주민이자 신흥 강호인 FC 아두만 캐피탈스의 올 시즌 첫 번째 크리스 더비는 2:2 무승부로 황망하게 끝이 나버린 것이다. 노에지드 월드컵 경기장에서 펼쳐진 홈팀 아두만과 원정팀 노에지드의 이상야릇, 그야말로 기기묘묘한 2부 리그 경기는 썰렁했던 관중석의 분위기와는 달리 부자에게는 보이지 않는 열전이기도 하였다.

90분 내내 압도했던 경기를 극적으로 따라잡힌 소년의 심정이야 한동안 눈물이 멈추지 않을 정도로 허망한 것이었겠지만, 따라잡은 아버지로서도 여러모로 착잡할지언정 마냥 기뻐할 수만은 없는 승부였다. 특히나 너무 혼자서만 열을 내서 그런지 그만 진이 쪽 빠져서 종료 직후

더는 입 밖으로 무슨 말을 내뱉을 수가 없을 지경이었다. 그것이 마치 아버지로서 실의에 빠진 아들을 세심하게 배려하는 듯한 오해를 살 만도 하였다.

그러나 이렇게 몇 차례 기를 쓰고 버둥거려 볼 수는 있겠지만 앞서가는 아두만에 결국에는 영원히 뒤처지고 말리라는 불길한 예감은 매우 실체적인 것이었다. 오늘의 졸렬했던 경기 내용처럼 어쩌면 이미 따라잡기 어려울 정도의 역량상 격차가 벌어져 있는지도 몰랐다. 그리고 그것은 비단 축구 경기 하나로만 국한될 문제가 아니라 두 도시 사이의 극복하기 어려운 간극으로 고착될 확률이 높아 보였다. 아무리 크고 작은 다리를 많이 놓아도 저 도도한 크리스 강을 사이에 두고 별개의 지역으로 살아가야 하는 얄궂은 운명처럼.

"원래 월드컵 경기장도, 이 길도 모두 노에지드 메트로에 편입될 거였는데……. 괜히 행정 주도니, 뭐니 해서 아두만 자치 타운이 들어서면서 불발되고 말았지만. 처음부터 주도 이전이니 행정 주도 건설이니 하는 이야기가 나오지 말았어야 해. 그랬으면 팔자에도 없는 이도 저도 아닌 어중띤 두 개의 주도를 가진 반쪽짜리 주의 주민으로 살아가지 않아도 되었을 텐데……."

함께 응원했던 상당수 원정팀 팬들처럼 크리스 강을 건널 필요 없이 집으로 돌아가는 한적한 도로를 지나며 아버지가 나지막하게 읊조린 이야기들을 소년은 하나도 빼놓지 않고 이해할 수는 없었다. 그래도 저렇게나 계속해서 아버지가 아쉬워하는 것을 보면 축구나 더비 말고도 무언가가 잘못되기는 잘못된 부분이 있으리라는 짐작을 할 수 있을 따름이었다.

하지만 그것은 이미 지나가 버린, 소년이 태어나기도 전이거나 기억하지도 못하는 어릴 적의 일이었다. 아무리 아버지라지만 그런 것까지 소년이 헤아려 받아들이기에는 무리가 있었고, 또 그럴 필요도 느낄 수가 없었다. 그것이 이제는 눈물을 그친 지 오래인 소년을 계속해서 침묵하도록 만들었다. 소년의 아버지는 갑자기 오늘의 어이없는 무승부가 생각보다 길게 소년을 침울하게 만들지는 않을까 하는 부모로서의 걱정이 비로소 들기 시작하였다.

"어이, 아들! 우리 다음번 더비는 보러 오질 말자! 이렇게 재미없고 엉터리인 경기가 또 어디 있겠냐? 텅텅 빈 운동장은 또 어떻고? 더비가 더비다워야지, 말만 번드르르하게 갖다 붙이면 다 더비고 대전인 줄 안다니까! 대신에 TV 중계를 보든지 아니면 차라리 야구를 보러 다니자! 야구를……."

노에지드 시티 구도심의 시민운동장 내 역시 낡고 좁은 야구장을 홈으로 하는 호칭도 중립적인 크리스 센트럴스는 소년도, 소년의 아버지도 각자의 팬덤이 시작된 엄청난 시점 차이에 상관없이 함께 좋아하고 있었다. 마찬가지로 언제부터인지 노에지드 시티와 아두만 자치 타운 사람들 모두가 응원하는 나흐만 중부 지역을 연고지로 하는 유일한 야구단이 되어 있었다. 소년은 아버지의 SUV가 방금 스쳐 지나친 육교에 널려 있던 경기 일정 안내 현수막을 되짚으면서도 이 역시 정상이 아닐 수 있다는 사실을 막 깨달았다.

'절대 그럴 리는 없겠지만 아두만 자치 타운에도 프로야구팀이 생기게 된다면은 축구하고 똑같은 일이 벌어질 거면서, 무슨 야구 응원을 하

러 다닌다는 거지? 그것도 이렇게 같이서⋯⋯?'

생각만 해도 진저리가 쳐지는 사태가 하나 더 생겨나서는 안 되겠다는 생각에 소년은 조용히 고개를 가로저었다. 그것을 거부의 표시로 이해한 아버지는 아들의 뜻을 흔쾌히 받아들이려고 하였다. 오늘은 잠시 입장이 다소 엇갈렸으나 엄연히 피와 정기를 주고받은 혈육 간이 아니었던가?

"그래⋯⋯, 축구는 축구고 야구는 야구지! 그리고 이 세상 모든 다른 것들도 다 그거는 그거고 또 저거는 저거겠지?"

위
빌
트
더
스
시
티

리뉴얼 맹모삼천지교

맘 카페 출신은 믿고 싶었다. 자신의 선택이, 그리고 판단이 그르지 않았었음이 언제가 되었든 입증이 되었으면 하는 바람이었다. 그런데 요즘에는 어떠한 결과가 어떠한 형태로 나타나야지만 그 입증이라는 기준을 충족할 수 있는 것인지 스스로도 혼란스러웠다. 엄밀히, 아니 솔직히 말해서 입증의 주체라 할 수 있는 아이의 실체가 거기에서 많이 비켜서 있음을 시시각각으로 확인하며 그 사실을 인정해야만 하는 나날들이었기 때문이었다.

"어머님, 애는 참 좋아요! 요즘 아이들과는 다르게 나무랄 데 하나 없이 해맑고 긍정적이고……."

"우리 애가 그런가요? 그렇게 봐주시니까 감사합니다. 저도 그렇지만 애 아빠도 그렇게 키워 보려고 노력하지 않은 것은 아니지만요."

"그렇고 말고요! 연주고 디자인이고 하다못해 게임이고 뭐라도 조금씩은 못 하는 것이 없는 편이기도 하고요……."

"딱 이거 하나다, 하고 저기 노에지드 시티에서 어렸을 적부터 정해

놓고 시킨 것은 없지만 아두만 자치 타운 이리로 이사를 오고 나서부터는 제가 정 해 보고 싶어 하는 것들이 있으면 다 들어는 줬으니까요. 그런데……, 조금씩이라시면?"

"아? 예! 바로 그 말씀이신데요. 딱히 여기다, 싶은 과가 원서 쓸 때가 다 되어가는 지금까지도 아직은 없는 모양이에요. 물론……, 자라나는 아이를 계속해서 지켜보셨을 어머님도 올 한 해만을 책임지고 있는 저보다야 걱정은 더 많이 하고 계시겠지만요."

결국에는 고3 담임도 최근의 남편과 똑같은 말을 하고 있었다. 입시를 바로 코앞에 두고 있는 아이치고, 그런 아이의 엄마치고 아무런 전술 전략이 없다는 것이었다. 처음부터 아예 없었다는 것이었다. 남들은 고등학교 입학 전부터 의대니, 교대니 해서 미리 거창하게 세워 놓았었다는 목표 따위는 아니어도 좋았다. 그런 것들은 원대하기는 한데 너무도 막연한 것일 뿐이라는 카페 맘의 그전 소신과 이는 전혀 다른 차원의 문제였다.

"아직……, 잘 모르겠어! 내가 앞으로 뭘 해야 할지를. 아빠 엄마 말대로 어디를 어떻게 가야 할지 정하기가 생각처럼 쉬운 게 아니더라고! 그런데……, 나 꼭 대학에 가야만 돼?"

초등학교 시절 예전 도심 학원가의 모 사설 ELS에서는 5W1H로, 아파트 단지 내 상가 3층 소재의 논술 겸 국어 보습 학원에서는 육하원칙이라고 배웠을 요소들 가운데 네 가지씩이나 불투명한 실정이었다. 마치 지금은 그 학원들이 모두 폐업이나 전업을 해 버리고 말았다는 상황과 묘하게도 겹쳐지는 부분이 없지 않았다. 그런데 미처 지워지지 않은 '언제'와 '누가' 역시 현시점에서의 응시생 당사자라면 선택의 여지가 없는 것이고 하니 사실 정해진 것은 아무것도 없는 셈이었다. 지금 대입 수험생인 카페 맘의 하나뿐인 아이는 자칫 수시 원서 최대 여섯 장을 다 채우지도 못할 공산이 농후해지고 있었다.

"아무리 하고 싶은 것이 많다고는 해도……, 꼭 원서 철이라서 그런 건 아니겠지만 인제는 슬슬 결심을 해야 할 때가 아니니? 그러면……, 이렇게 한번 생각해 보면 어떨까? 하고 싶은 거로는 정하기가 어렵다면……, 니가 제일 잘할 자신이 있는 거로 말이야. 옛날 초등학교 때까지 좋아하던 피아노 다시 칠래? 아니면 가장 최근에 재밌어하던 시각디자인과 쪽으로 가 볼래?"

"엄마는 기껏 잘할 수 있는 거라더니……, 어떻게 금방 자기 말을 뒤집어? 그리고……, 그것들은 사실 내가 별로 좋아하는 것들도 아니었어. 또 진짜로 잘할 수 있는지 어쩐지도 왠지 자신이 없어져 버렸어. 그래서……, 나 꼭 이번에 원서를 내야 돼?"

"꼭 내야 되냐니? 안 내면 어떻게 할려고?"

"우선은 수능까지만 보고 나서 다시 잘 생각해 보면 안 될까?"

"아무리 그래도 그렇지……! 그래서는 곤란할 것 같다는 사실은 수능이든 면접이든을 직접 봐야 할 니가 더 잘 알고 있질 않니?"

사실은, 하고 싶은 게 많아서가 아니고 마땅히 할 수 있는 게 없어서 그런단 말이야…….

아이는 내리까는 차분한 말투로, 어머니는 정반대의 격앙된 의문문으로 내뱉어야 했을 공통된 생각을 각자 안으로만 삭이며 잠정적으로 마무리되었던 그날 저녁의 대화였다. 그 후로 몇 날 며칠인가 서로 대화는커녕 제각각 생각마저도 전혀 진척이 있을 리 없는 와중에 담임의 내교 상담 요청 메시지가 그나마 물꼬를 터 줄 수도 있지는 않을까 하는 기대를 잠시 갖게 해 주었던 것이었다. 그러나 아무리 입시 지도 경력이 풍부하고 유능한 교사라도 이런 본질적인 문제에서까지 전지전능한 해결사가 되어 줄 수는 없는 게 당연히 이치였다.

순간, 카페 맘은 자신이 원래 그런 사람이 아닌데 요사이 특히, 내뱉었던 말을 바로 번복하거나 그간 가져왔던 생각을 스스로 부정하는 모순을 자주 범하고 있다는 자각이 들었다. 그럼에도 불구하고 이는 또다시 어쩔 수 없는 일이었다. 이와 비슷한 상황을 많이 겪어 보았을 노련한 담임 앞에서라면 더더군다나 자기 아이의 편에 서주는 것이 우선은 이 세상 모든 어머니로서 응당 지녀야 할 자세가 아닐 것인가?

"저, 선생님! 수시 말고 수능은……, 그러니까 정시는 어떻게 될까요? 대략 그 가능성이 말이지요?"

"아하, 어머님도 정시를……? 뭐, 아이도 언뜻 그런 생각을 내비치기는 했는데요……, 가능성은 크게 보아서 마찬가지라고 해야 할 것 같습니다. 아니, 솔직히 여기에서는 아무런 의미도 없다고 보는 게 정확할 겁니다."

"마찬가지시라면……? 아니, 의미가 없다면……?"

"저는 그간 수많은 아이들을 의대를 포함해서 명문 대학에 보내면서 언뜻 복잡해 보이는 대학 입시지만 결국에는 확률 싸움이라는 저만의 깨달음을 갖게 되었습니다."

"그 말씀은 상대적으로 경쟁률이 낮은 전형이나 학과를 잘 선택해야 합격에 유리하다는……?"

"아! 예? 누구나 그렇게 생각하시는 것은 당연한 일이고요. 좀 듣기에 어떠실는지 모르겠습니다만, 입시도 도박 같은 거란 말씀입니다. 쉬운 예로 로또 아시죠? 로또에 당첨이 될려면은 한 장이 되었든 백만 장이 되었든 복권을 사야 합니다. 그래야지만 최소 몇천만 분의 일이라도 당첨될 기회를 얻게 되는 것입니다. 매일 당첨될 꿈만 꾸면서 실제로는 사지도 않고 있으면 그 가능성은, 그러니까 당첨 확률은 거의……."

"그래서 수시를 포기하는 일은 무모하기 그지없는 일이라는 선생님의 비유를 이해하지 못하는 것은 아니지만요……, 그래도 아이들의 장래가 걸려 있는 중요한 문제에 그렇게까지 생각하는 것은 좀……!"

카페 맘의 고집스러우니만큼 순정한 태도와 반응을 대하는 담임의 표정이 여러 가지로 낯설지가 않았다. 가장 가깝게는 그제도 함께 동네 비프랜차이즈 카페에서 본의 아니게 장시간 마주 앉아 있어야 하였던 자기와 처지가 비슷한 또 다른 카페 맘의 안타까운 성화가 넘치는 고백과 비슷하였다. 그것은 지금 귀에 잘 들어오지도 않는 담임 선생님의 자상하면서도 반박 불가의 집요한 논리와 똑같은 공정으로 찍어낸 유사품이었던 까닭이었다.

자기도 잘 알다시피, 수시와 정시의 비율이 대략 7:3 정도라고 본다면 우선은 수시에 집중하는 전략을 세울 수밖에는 없다. 그리고 비율도 비율이지만 자연계와 같은 경우라면, 소위 의치한 지망생 같은 최상위권이 아니고서야 현실적으로 수시보다 정시를 노려볼 만한 나은 수능 성적이 절대로 나오지도 않는다. 자기네는 어떤지 잘 모르겠지만 다 까놓고 우리는 확실히 그렇다.

까놓은 김에, 해 볼 만하다는 수시 지원에서 가장 믿을 만한 기준이 되는 내신 성적도 그렇다. 크게 상중하 3단계 가운데 세분하자면 좋게 보아서 상에 하, 기껏 중에 상에나 해당하는 총 9등급 가운데 3등급 권역 안팎의 내신 성적으로는 눈에 차는 교과성적 우선 전형이 있을 수가 없다. 사실 파고 들어가 보면, 1, 2등급 아이들도 거기에다가 원서 내기를 망설이는 마당에 우리가 그러자는 건 만용을 넘어서 자살 행위나 다름없질 않겠는가?

그런데, 사정이 이런데도 매년 경쟁률은 낮지 않게 나오는 걸 보면 도대체 누가 그 자리를 다 채우는지 알다가도 모를 일이다. 아마도 노에지드 시티나 아두만 자치 타운 아이들은 아닐 테고, 루어스 메트로의 그 많은 학교에서 난다, 긴다, 하는 과학과 사회 두 과정의 1, 2등 한두 명씩만 모아 놔도 그 정도는 되지 않을까? 아, 참! 이건 우리와는 아무 상관이 없는 얘긴데 괜히 끄집어내서 기운만 빠지게 해 미안하다.

어찌 되었든, 준비가 좀 필요한 논술이나 예체능 같은 실기 위주 전형은 그렇다 치고, 이제 남는 것은 학생부종합전형 하나인데 교과 우선에 비해 한 등급쯤 높여서 도전해 볼 수 있는 우리한테는 가장 현실적인 대안이다. 그간 그 집 아이가 우리 집 애하고는 달리 겉으로도 자신감이 넘치고 활달하게 하고 다니는 거로 봐서는 자기네는 물론 그렇지 않겠지만, 우리 애는 수능이 좀 부족해서 이것도 신경을 쓸 일이 아직 남아 있다. 최저 등급 통과가 변수인데 그래서 반반으로 나누어 내는 것을 고려 중이다.

세상에나. 네상에나! 무슨 입시가 양념 반, 후라이드 반 같이 저녁 대신으로 애들 치킨을 시켜 주는 일도 아닌데 그것마저도 심각하게 고민

해야 할 정도로 까다롭고 복잡한 걸 어쩌겠느냐? 소위 학종 최대의 관문이라는 수능 최저 등급을 내건 학교들은 그만큼 욕심이 나기는 하지만, 만약을 생각해서 그보다는 좀 못해도 안정권의 수능이 프리한 학과들도 좀 써 두어야 하지 않을까 싶으다는 꿍꿍이속이다.

아무리 그래도, 절대 애한테 수능 준비는 대충 설렁설렁해도 된다는 낌새를 코끝으로라도 맡게 해서는 안 된다는 것쯤이야 상식인 것은 잘 알고 있을 것이다. 왜냐니? 설마 하는 마음에 부모고 아이고 방심하고 있다가 자칫 여섯 군데를 다 떨어지고 나면 진짜로 남는 것은 수능 한 가지만 보는 정시 가나다 군이 있을 뿐 아닌가? 사실 그것도 써볼 만한 것은 앞에 두 개밖에 없는 실정이기는 하지만. 마지막 다 군은 의학 계열 말고는 별로 볼 게 없다는데 애석하게도 우리는 어차피 아니지 않는가?

카페 맘은 자기도 대략적으로는 파악하고 있는 대학 입시의 알고리즘을 이처럼 체계화하여 실전적으로 자기 아이에게 적용하고 있는 또 다른 카페 맘의 동네 카페 깊은 구석 강의에 현기증이 일 지경이었다. 그런데 이것은 대입 준비에서 지극히 기초적인 개념이고 실제 원서 작성에 들어가서는 시작에 불과할 뿐이라는 것이었다. 개개의 대학과 학과별 세부 전형 요강은 몇 군데 입시설명회에 따라가 보기는 했는데 아직 제대로 분석도 끝마치지 못해서 한걱정 중이라는 것이었다.

가령, 원서 접수 못지않게 아이들이 목숨을 걸다시피 하면서 요즘 부쩍 열을 올리고 있는 자기소개서, 줄여서 자소서를 어떻게 완성하여야 하는지가 큰 부담이라는 것이었다. 다행히 이 대목에서 지금 카페 맘 눈앞의 자칭타칭 입시 전문이라는 담임교사는 냉정하게도 지난번 비프랜차이즈 카페에서의 열혈 대입 맘과의 결별을 시도하고 있었다. 그것도 생뚱맞은 유머를 가장한 냉소를 입가에 한껏 머금으면서였다.

"어머니! 저는 상당수 우리 아이들에게 그렇게 자소서에만 매달리고 있는 그 시간에 오히려 그냥 자소서……, 하고 시크하게 깨우쳐 줍니다. 어차피 되지도 않을 일에 매달리느니 잔뜩 마음을 다잡아 먹고 공부를 더 하든 차라리 마음 편안하게 휴식을 취하든 하는 게 사실은 여러모로 효율적이거든요."

"그래도 학종으로 대학을 가려면 아이들 처지에서는 뒤늦게라도 노력해 볼 만한 데가 자소서……, 아니 자기소개서밖에 없질 않아요? 우리 애는 지금도 갈피를 못 잡고는 아직 한 자도 쓰질 못하고 있지만서도요."

"그래요? 그건 잘된 건지 잘못된 건지 우선은 잘 모르겠네요. 어쨌거나 어머니 보시기에 물론 많이 답답은 하시겠지만 그래도……, 애한테 너무 뭐라고는 하지 마세요."

"제가 노에지드 시티 살 때 좋아하던 실기 쪽도 그렇고……, 어려서부터 책 읽고 글쓰기도 싫어하지는 않았으니까 논술도 괜찮을 것 같은데……, 막상 그것도 아닌 것 같으면서도 저러고 있으니까요!"

"그러지 않아도 어머님께서 이것저것 애가 하고 싶어 하는 것을 어릴 때부터 지금까지 가리지 않고 많이 시키신 것 같다는 느낌은 받았습니다."

"원래부터 그럴려고는 했어도……, 지금 당장 우리 애는 자소서 하나라도 제가 나서서 써보려는 노력조차도 하고 있질 않은 것 같으니까요!"

"아니지요! 그건 제대로 된 노력이라고 할 수가 없지요! 학생부나 교과성적이니 하는 것들이 다 결정이 되어 버린 마당에 자소서 하나만 그럴싸하게 쓴다고 해서 몇 년씩이나 대학에서 밥 먹고 살아온 그쪽 사람들이 고개를 끄덕이며 받아줄 성싶습니까? 결국에는……, 여기서도 성적입니다, 성적!"

"정시도 아니고 교과도 아니고 명색이 종합인데도 성적이라면?"

"내부적으로는 해당 교과의 개별적인 성적도 보고, 또 공공연하게는 최저 등급 통과를 따지는 수능 성적도 보고……."

"수능 최저는 원래 그렇다고 하고요, 어차피 교과 전형은 몰라도……, 종합 전형은 교과 성적을 구체적으로 어떻게 반영한다고는 모집 요강 어디에도 안 나와 있는 것 같던데요?"

"그러니까 그게 더 어려우면서도 쉬운 것 아니겠습니까? 다년간의 제 경험으로는 이공계 아이들은 수학과 과학만을 집중적으로 보고, 어문계는 국어와 영어를, 상경계는 거기에 사회까지……, 뭐 이런 식으로 고등학교 성적을 대학 전공과 관련되는 기본적인 소양이나 적성을 점검하는 매우 요긴한 잣대로 쓸 것 같다는 말씀입니다. 이제는 뭐 고등학교 3년간의 모든 교과 성적이 이미 결정이 나 버린 셈이니까 뒤늦게 알았다고는 해도 어떻게 해 볼 도리가 없겠지만요……."

"그러면, 선생님께서는 자소서에 매달리는 그 시간에 몇 달 남지 않은 막바지 수능에 대비하는 편이 훨씬 현명한 일이다……, 이렇게 믿고 계신다는 말씀이시군요?"

"믿고 있는 정도가 아니라 아예 귀에 못이 박히라고 오늘도 들어가는 교실들마다 얘기를 해 주었습니다. 사실, 들여다보면 볼수록 다들 거기서 거기인 이른바 자소설보다는 이 시점에서 아이들이 순전히 자신의 노력으로 어떻게 좀 운명을 바꿔어 볼 수 있는 것은 마지막으로 남은 수능 말고는 객관적으로 뭐가 더 있겠습니까? 이 아사리 판이나 다름없는 입시에서 그나마 그게 제일 공평하기도 하고요. 오늘도 다름없이 언제나 소귀에 경 읽기밖에는 안 되고 있지만요……."

입시에 관한 한 그간 쌓아온 실전적 경험이 풍부하고 나름 철학이나 주관이 뚜렷한 듯싶은 아이의 담임은 동네 비프랜차이즈 카페에서 수능의 중요성을 일부 강조하기도 했던 또 다른 카페 맘과만 의견을 같이하고 있는 것이 아니었다. 그는 지금 상담 겸 교양 중인 이 카페 맘의 예전 고등학교 때 3학년 담임교사와 혹은, 그 담임의 동료 교사 대부분과 전적으로 일치하는 교육관을 고수하고 있는 것처럼도 보였다.

그때의 내신과 학력고사에서 뒤엣것만이 이젠 수능으로 진화하였을 뿐 여전히 성적을 떨쳐버리지 못하고 있는 것이 도무지 바뀔 수 없는 현실인가? 카페 맘은 부모들의 절대적인 신뢰에 힘입어 성적 지상주의를 강력하게 밀고 나갔던 그때로부터 학교가 근본적으로 달라지지 않았음을 재차 확인하며 저도 모르게 부르르 몸서리가 쳐졌다. 자신이 학생 때 그렇게나 싫어했던 획일적이고 강압적인 교실의 분위기가 되살아나서이기도 하였지만, 그런 것들에서 이제는 자신의 아이만큼은 벗어나게 해 주려던 그간의 노력에 안으로부터 금이 가는 소리가 들린 것 같았기 때문이었다.

"우리 조금 무리를 해서라도……, 이제라도 아두만 자치 타운으로 옮길까?"

"진작에 내가 말을 꺼낼 때는 그렇게 머뭇거리더니만 거기 집값이 오를 대로 오른 인제 와서 왜? 그건 아무리 생각해 봐도 별로 현명한 투자 전략이 아닐 것 같은데⋯⋯."

"당신은 투자라면 그게 꼭 돈에만 해당해야 된다고 생각해? 다른 소중한 것들도 얼마든지 있을 수 있잖아? 가령⋯⋯."

"또 그 얘기라면 나도 무조건 당신 생각에 반대하는 것만은 아냐. 다만, 자신감이⋯⋯, 아니 그게 과연 이런 각박하고 치열한 세상에서 우리 애를 위해서 올바른 선택일까 확신이 서질 않는다는 것뿐이지!"

"애가 곧 중학교에 가게 되면 그간 이 동네에서 굳어진 분위기로는 고등학교 과정까지 미리 떼 주어야 하는 게 당연한 것 같이들 말하니까 그러지. 애가 별로 재밌어하지도 않는 것 같은 수학은 반드시 더 그래야 한다는데⋯⋯, 당신 정말 괜찮겠어?"

"우리야 뭐 괜찮고 말고 할 게 있나? 이 나이에 그 지긋지긋했던 중학교, 고등학교를 다시 다닐 것도 아니고⋯⋯. 다른 집 자식들처럼 성적 하나만 바라보고, 가뜩이나 한창 호기심이 많을 나이에, 여기저기 동네 학원을 떠돌아다녀야 할 애가 타고난 체질에⋯⋯, 아니 그간 길들여놓은 습관에 안 맞을까가 걱정이지!"

"맞아! 이 동네는 애 키우면서 남 눈치 안 보며 살기에는 너무 늙고 또 낡았어. 동네도 그렇고 학교도 그렇고 지나치게 아이들 교육에 보수적이야. 요새 중학교는 그렇게까지는 않겠지만 고등학교에 들어가면 방과후학교니 자기 주도적 학습이니 하는 것들을 반강제로 시키는 사립학교들도 여전히 많이 있다는 거야!"

"그게 별 효과도 없어 보이는데 우리 때 의무적으로 해야 했던 보충이니 야자니 하는 것들이지? 그렇게나 하기 싫어서 몰래 땡땡이치다가 걸려서 담임한테 뒈지게 혼나고 터지고 했던……? 당신은 그런 적 없어?"

"나는 단 한 번도 절대 그런 적 없어! 어쨌거나 당신도 그렇게 애를 강제로 붙들어 놓으면 역효과가 더 크다고 생각하는 거잖아?"

"그래서, 보수적이고 고집스러운 노에지드 시티와는 다르게 아파트도 학교도 새로 생긴 확 트이고 산뜻한 곳으로 가면 그럴 일은 없을 것 같다? 아무래도 부모들도 그렇고 선생들도 젊고 스마트한 사람들이 많을 테니까?"

"그게 조금 거창하게 들리기는 하지만 결국에는 행정 주도가 그리고 옮겨오게 된 철학 같은 것 아니야?"

카페 맘은 루어스 메트로에 집중되어 있던 나흐만 주의 여러 기능을 골고루 분산하여야 전체적으로 균형 있는 지역 발전을 이룰 수 있다는 비교적 뿌리가 깊은 논리가 어디 한 구석 그른 곳을 찾을 데 없다고 생각해 왔었다. 그리하여 그 오랜 바람이 행정 주도의 이전이라는 구체적인 정책으로 놀랍고도 새롭게 실현되는 장면을 마음속으로부터 지지하면서 지켜볼 수 있었다. 게다가 자신의 고향이면서 현재 거주지인 노에지드 시티 바로 지척에서 펼쳐지고 있는 일이 아니었던가?

매사가 이런 식으로만 된다면 세상은 얼마나 여유롭고 공평해질 것인가? 학교 다닐 때부터 품고 있었던 막연한 소망이 본격적으로 현실 세계에서 펼쳐지는 거의 최초의 사태였다. 공부를 잘하건 못하건, 집이 잘살건 못살건, 심지어는 외모가 출중하든 평범하든 선생님들의 관심과 사랑을 골고루 받으면서 모든 아이들이 함께 어울려서 생활할 수 있는 학교가 아니라면 정말로 다니고 싶질 않았었다.

그런데도 선생이고 학생이고, 그리고 부모들이고 말끝마다 공부, 점수, 성적, 하는데 겉으로라도 질려 하지 않는 애들이 이렇게나 많이 있다는 게 이상하기는커녕 신기하기조차 한 일이 아닐 수 없었다. 카페 맘 자신은 외모고 공부고 집안이고 뭐 하나 내세울 게 없는 어중간한 처지인데도 그런데, 좋건 나쁘건 뭐라도 하나 두드러지게 눈에 띄는 아이들은 얼마나 내적으로 묵직하니 부담이 되고 그토록 싫었을 것인가?

왠지 부실해 보이는 분위기를 점수나 등급이라는 수치가 증명해 주는 듯한 일부 아이를 향한 무관심한 관심이나, 예쁘고 착해 보이는 데다가 공부까지도 잘하는 더 일부인 아이를 향한 과도한 관심이나가 사실은 똑같이 덧씌운 굴레라고 믿을 수밖에 없었다. 그것은 채 십 분이면 끝나는 상담 뒤 멋쩍은 표정으로 교실로 돌아오는 아이나, 한 시간 내내 붙들어 앉힌 채 선생과 단둘이서만 장밋빛 앞날을 미처 그리다 못하여 겨우 상담실 문을 닫고 돌아서야 했던 아이나 모두가 속으로는 울고 있었다고 여겨졌기 때문이었다.

카페 맘은 그런 모순과 질곡 속에서 자기라도 벗어나야지만 살 수 있겠다는 감수성에 유독 민감한 편이었다. 그리하여 번민과 불면의 나날 끝에 자신이 가지고 있는 것들 가운데 그나마 출중한 것 하나를 최대한 활용하기로 하였다. 그것은 가정환경, 더 세밀하게는 겉으로 내뱉는 다소 거친 언사와는 달리 늘 고집스러운 딸에게 져주는 어머니의 투박한 모성애였다. 돌이켜 곱씹어 보면 참으로 교활하고 유치하기 이를 데 없는 짓이었건만, 지금도 똑같은 상황이라면 안 그럴 자신이 없으리만큼 그때 나어린 카페 맘은 절박하였다.

"엄마! 나……, 학원 등록하면 안 돼? 그렇게만 해 주면 꼭 루어스 메트로에 있는 공부 잘하는 대학에 들어갈게!"

"지금껏 십 년 넘게 학교 다니면서 성적도 시원찮은 니까짓 게 아무리 좋은 학원을 골백번을 다닌다고 무슨 수로 그런 데를 들어가? 그리고 우선 당장은……, 먹고 죽을래도 그럴 돈도 없어!"

"내가 알아본 제일 싼 미술학원만 다니면 그렇게 될 수 있어! 대신 돈 드는 보충도 돈 안 드는 야자도 하지 않고……, 죽어라 그림만 그려서 꼭 유명한 대학교 디자인과에 들어갈게!"

"안 돼! 돈도 돈이지만……, 니 아버지가 아시면은 나도 나지만 그놈에 손모가지하고 다리 몽둥이가 남아나지 않을 거야!"

"아, 엄마! 나 대학교 들어갈 때까지만 아빠한테는 비밀로 하면 되지! 안 그러면 나아……, 학교 그만둘 거야!"

그때 눈치가 빨랐던 어린 카페 맘은 학교까지 그만둘 필요는 없었다. 하물며, 그 이유가 고등학교도 마치지 않은 채 루어스 메트로로 올라가서 아무 일자리나 잡아서 독립 아닌 가출을 하겠다는 반협박 때문만이 아니었음도 알고 있었다. 그러나 그 뒤로 어머니가 몰래몰래 채워주곤 했던 상대적으로 영세한 학원의 고액 수강료는 학교의 박리다매식 보충 수업료에 비할 바가 아니었다. 그래서였을까? 카페 맘은 루어스 메트로 소재의 어느 대학교에도 진학하지 못하였고, 집안이 발칵 뒤집히는 우여곡절 끝에 기껏 들어가게 된 과도 디자인 계열은 분명 아니었다.

"자기 애한테 그 이유도, 그 끝도 모를 죄책감 따위나 심어 주면서 키우려 든다면 부모로서 도리가 아니겠지?"

남편이 적나라한 단어 하나로 명쾌하게 신도시 이주에 동의할 때까지 카페 맘은 마음속의 무지근했던 묵은 하중이 정확히 무엇인지 깨닫지 못하고 있었다. 우선 그것은 철모르던 자신을 견뎌 준 지나간 모성애에 대한 최소한의 인간적인 부채 의식이었다. 그러나 정말 죄스럽게도 그것보다도 더 큰, 차라리 그것마저도 더 크게 집어삼키려 드는 것은 아이가 자기와 똑같은 일을 겪고 똑같은 감정을 느끼며 이 세상을 원래 그런 것이라고 규정지으려 들지도 모르겠다는 두려움이었다.

더는 그래서 안 될 일이었다. 그것은 뚜렷한 가해자 없이도 모든 사람을 피해자로 만드는 보이지 않는 사술의 농간일 뿐이었다. 이제 학교만큼은 온갖 굴레에서 벗어나 아이가 하고 싶어 하는 것들을 주어진 조건 아래에서 누릴 만큼은 누려야 하는 곳이 되어야만 하였다. 그것을 기적 같은 마법이요 꿈의 연금술에 불과하다고 말하는 사람이 언제나 여전히 있을지라도 어디 한번 보고 싶었다. 이 하늘 아래에서 정말 꿈꾸기조차 불가능한 일인지 자기 아이라도 앞장서 내세워 직접 확인해 보고 싶었다.

"엄마! 이 학교는 애들이 성적 얘기를 안 해! 학교에서도 일제고사도 별로 안 보고. 맨날 노래 부르고 피아노 연주하고 그림 그리고 뭐 만들고 하면서……, 그러고 나서 종이 울리면 어느새 수업을 다 했다는 거야! 또 남자애들은 시간만 나면 공놀이하는 거 엄청 좋아하고. 나는 틀리거나 말거나 모둠 대표로 발표 엄청 많이 하고. 아무튼 좋으면서도 특이해!"

열린 교실이니 자율 학기니 시범 학교니 하는 지극히 관료적인 타이틀 따위야 아무래도 상관없었다. 형식보다는 내용, 결과보다는 과정에 그 작은 가능성의 한 자락이라도 내비친다면 학부모로서 일단은 만족할 수 있을 것 같았다. 굳이 어린 나이부터 자기 아이가 선의의 경쟁이라는 미명 아래에 스스로 도태되거나 심지어는 또래 아이들을 도태시키는 법을 배워 나가지 않는다면 더할 나위가 없을 일이었다.

이런 식으로 되는 대로 흘러가다가 최종적으로 자기가 원하는 대학에를 들어가고 일자리를 잡고 한다면 그게 루어스 메트로든 노에지드 시티든 아두만 자치 타운이든 모두 같은 주 안에서 나란히 자리 잡고 살아가는 원리와 닿아 있을 것이란 생각도 감히 해 보는 것이었다. 그런 기류는 강 하나 건너 이주지의 신생 맘 카페에서도 새로운 바람으로 자리 잡아 가고 있는 듯도 하여 왠지 외롭지 않았다.

애들이 이것저것 다양한 활동을 할 수 있도록 교육과정도 탄력적으로 운영을 할 수 있는 모양이더라구요. 아두만 자치 타운만을 대상으로 일단은 시범 운영을 하고 나서, 면밀하게 그 결과를 분석해 보고 점진적으로 주 안의 모든 중학교로까지 확대해 나갈 계획인 것 같아요. 학교에 가 볼 때마다 아이들이 다소 통제가 안 되는 것 같은 느낌을 받기도 하는데……, 전혀 새로운 시스템에 적응하려면 어쩔 수 없이 겪어 가며 결국에는 이겨내야 할 일종의 시행착오 같은 게 아닐까요?

맞아요! 개성과 자기주장이 뚜렷한 요즘 아이들을 우리 때의 낡고 수동적인 시각으로 평가해서는 곤란하겠지요. 자기 자신은 이 세상에 하나밖에 없는, 그래서 더욱 소중하고 매사에 당당해야만 할 존재라는 의식을 갖고 살아가는 게 얼마나 중요한데요. 괜히 우리 때처럼 주눅이 들어 이유도 없이 어른들 눈치나 살피며 제 목소리를 제대로 내지도 못했던 것보다야 훨씬 보기 좋지 않나요? 저는 그때만 생각하면 지금도…….

어머! 저도 그랬는데……, 역시! 그래서 저는 내가 엄마가 되든 선생님이 되든 우리 아이들은 저처럼 키우거나 대하지 않겠다고 얼마나 속으로 다짐했는지 몰라요? 특히, 여자애들은 특유의 원죄 의식 비슷한 것들을 다들 품고 지내지 않았었나요? 뭐든 아들이 우선이다. 내가 이렇게 공부를 잘하지 못해서……, 그리고 착하지를 못해서 부모님께 죄스럽다. 다 내가 부족하고 못나게 태어난 탓이다! 이런 식의 감정적 자기 학대를 그게 무엇인지도 모르고 마구 해대며 그 아름다웠어야 할 청춘 시절을 다 보내버렸잖아요.

어렵게 선생님이 되셨으면 어디 학교이신지는 모르겠지만 아무래도 아이들 평가는 지필보다는 수행을 더 큰 비중으로 하시겠네요? 우리 때 소수점 아래 몇째 자리까지 계산하면서 등수를 따지곤 했던 획일적이고 무지막지했던 방식은 적어도 피하실 수 있을 테니까요? 사실 궁극적으로 성적표는 초등학교처럼 서술형으로 적는 게 가장 바람직할 수 있을 텐데요. 머지않아 우리 아두만 자치 타운부터 모범적으로 그렇게 된다면 아이들이 좀 더 신나고 자유로운 학교생활을 통해서 자신의 숨겨진 재능을 발견하는 배움의 장을 마련할 수도 있을 텐데요. 설마……, 이게 단지 저만의 꿈은 아니겠지요?

꿈이라니요? 당연히 그렇게 되어야 맞는 거 아닌가요? 지금은 대충 중학교까지만 이런 분위기인 것 같은데 사실은 아이들이 고등학교에 들어가고 나서 너무 점수와 성적에만 얽매이는 게 더 큰 문제 같아요! 물론 대학이라는 거대한 목표가 바로 눈앞에 어른거리고 있으니 어쩔 수 없는 일이기는 하겠지만요. 저는 그래서 이런 답답한 현실을 타파

할 수 있도록 수업 활동 중에 진행되는 과정별 수행평가라든가……, 수업 말고도 아이들의 다양한 학교생활을 꼼꼼하게 기록하는 학생부라든가……, 뭐, 이런 게 괜찮은 것 같아요. 게다가 사교육에 많이 의존하지 않고도 이걸로도 대학에까지 갈 수 있다면 학부모로서는 부담이 한결 줄어들겠지요?

앞으로의 대세는 학생부종합전형을 늘려 가는 것이 맞겠죠. 우리보다 앞서간 미국의 대학 입시처럼 말이에요. 비록 뚜렷한 기준이 없이 어떻게 입학사정관을 비롯한 대학의 구성원 몇몇이서만 학생의 앞날을 좌지우지할 수도 있는 그런 중요한 판단을 내릴 수 있느냐는 한쪽의 반론이 충분히 일 수도 있겠지만요. 그런 논란을 잠재우기 위해서라도 더더욱 객관적이면서도 공평한 평가의 잣대랄까 툴을 개발해 나가는 노력이 그래서 필요하지 않을까요? 궁극적으로 모두가 잘사는 세상을 만들겠다는 큰 취지가 자칫 자잘한 공정성 시비에 휘말려서는 안 되는 거잖아요?

그런데요, 이건 다소 엉뚱한 얘기일 수도 있겠지만요……, 초중학교 시절 그랬었던 아이들 상당수가 고등학교 들어가자마자 3월에 보는 전국 단위의 모의고사 결과를 처음으로 받아들고 나서는 그야말로 멘붕에 패닉이라지 않아요? 그게 혹시 애들을 그전에 너무 온실 속의 화초처럼 곱게 키워서 그런 건 아닐까요? 이 점은 다들 고개를 끄덕이실 것 같은데……, 현실적으로 고등학교가 훈훈한 온실이 되려면은 꽤 오랜 시간과 더 많은 노력들이 필요한 부분일 것 같은데……, 당장 내년에 입학인 우리 애는 어떻게 하지요?

그래서 재수생들처럼 수능으로만 대학 갈 일부 애들은 그렇게 가라고 하고요……, 그것 말고도 더 다양한 방법으로 대학에 들어갈 수 있도록 학종도 다변화해야 한다는 거잖아요. 그리고 사실은요, 지금도 꼼꼼하게 살펴보면 의외로 대학에 들어갈 방법이 꽤 많다는 것을 알게 되실걸요! 가령, 드문 예이기는 하지만…….

"그래서 사실은 수능은 그렇지만 자소서도 별 소용이 없을 겁니다. 눈을 조금만 크게 떠서 돌아보면 어떻게든 무슨 대학이야 들어가겠지만요……."

지금 카페 맘이 직면하고 있는 아이의 고3 담임은 확연히 온실 담당자나 화초 관리자는 아닐 성싶었다. 왜 그런 말이 한때 맘 카페 안에서 돌지 않았던가? 담임은 똑같은 담임인데 초등은 미안한 이야기지만 아이들을 닮아서인지 유치할 정도로 순진하고, 중학교는 애매하게도 어중간한데 고등학교 선생은 진짜 장난 아니게 리얼이라고. 속된 말로 얄짤없이 아이들 기분, 부모들 눈치 살피지 않고 할 말 다 하는 족속들이니 마음의 상처, 그걸 줄여서 마상이라나 어쨌든 철저히 대비할 필요가 있을 것이라는 말씀!

누구는 정말 좋아하는 것도 잘하는 것도 많고 하고 싶은 것도 많구나! 앞으로 꼭 그 꿈을 이룰 수 있을 거야! 자, 파이팅하자!

열심히만 노력하면 이 세상에서 안 될 것이야 없겠지! 어쨌거나 지금부터라도 정신 바짝 차리고 새롭게 도전해 보는 거야! 비록 나중에 실패할지라도 그 노력만큼은 값진 것일 테니까!

어떻게 학교 선생이나 되어가지고 현실적으로 되지도 않을 일을 무조건 된다고 말할 수 있겠니? 공연히 헛된 꿈이나 불어넣는 것보다는 그나마 실현 가능한 작은 길이라도 일러주는 게 정직하고 또 올바른 것 아니야? 선생은 어디까지나 점쟁이나 마술사가 아니란 말이야!

"우리 애가 교과 성적은 몰라도 동아리니 봉사활동이니 학교 행사니 해서 나머지 학교생활은 제법 알차게 하려고 노력한 걸로 알고 있는데요. 그래서 생활기록부도 지금 페이지 수가 꽤 나가게도 되었구요. 사실 그런 편이지요, 선생님? 그걸 어떻게 잘 활용해서 자소서만 쓸 수 있다면 비록 우등은 아니지만……, 그 정도 등급에 어디 원서 낼 곳이야 없을라구 하는 막연하지만 그래도 기대하는 마음으로 왔는데요. 왜애……, 아닌가요? 그래도 행정 주도에서는 첫손 꼽히는 열린 우리 학교에서도 도저히 불가능한 절망적인 상황이라는 말씀이신가요? 지금!"

"제 궁극적인 의도는 불가능도 아니고 절망적도 아니라는 말씀을 드리고 있는 겁니다. 다만, 학생부가 양을 떠나서 질적인 면을 고려할 때……."

"아이의 학생부는 학생 개개인뿐만이 아니라 학교의 교육적 역량도 담겨져 있다고 들었습니다. 그런데 지금 선생님의 그 말씀은 경우에 따라서는 스스로를 부인하는 것처럼 들리기도 하는데요! 아아, 이런……! 제가 너무 과민하게 반응한 것 같아서 죄송합니다."

"아닙니다. 어머니 입장에서는 충분히 그러실 수 있습니다. 다 이해합니다. 그리고 학생부 건은 어머님도 아이도, 그리고 아이들을 가르치는 학교의 잘못도 아니라고 생각합니다. 그건 그렇게 되어 있는 우리 머리 위의 더 큰 것들이 문제죠."

"더 큰 것들이라면?"

"가령, 제도니 그 제도를 만들어내는 세력이니 하는 것들일 수 있겠는데요……. 학생부의 다양한 내용을 전체적으로 살펴 학생을 평가하기보다는 자기들에게 필요한 것만을 선택적으로 반영해서 아이들을 선발하는 현재의 대학 입시 제도도 그런 셈이죠."

"여러 가지로 처음 먹었던 생각만큼 쉽지를 않네요!"

"다들 조금은 앞서갈 거라는 믿음에 이리로들 많이 들어는 오시는데요……. 그렇다고 해서 아두만 자치 타운만이 아이들을 교육시키기에 천국이나 유토피아는 아니란 말씀입니다. 사실 교육 말고도 다른 것들도 다 마찬가지 아니겠습니까? 하다못해 교통이니 주차니 하는 문제들까지도……."

행정 주도가 아두만 자치 타운에 자리 잡은 가장 큰 이유가 카페 맘에게는 어디 한번 과열된 입시 위주의 교육에서 보란 듯이 벗어나 보자는 것일 수밖에 없었다. 그리고 실제로도 그런 말을 틈만 나면 지껄여대던 사람들이 바로 정치인이고 당국자들이었다.

그런데 우리 나흐만 주 교육계에서 최고가는 리얼리스트인지 싶은 아이의 담임은 사실은 그게 그렇지 않다고 강변하고 있는 것이었다. 그는 이게 어디 아두만 자치 타운 안에서 끝나고 말 일이냐고, 입시는 대학이 몇 개 있지도 않은 행정 주도를 벗어나 전 주 단위의, 아니 나라 전체의, 모두가 눈에 심지를 세우고 눈썹을 태울 만한 중차대한 관심사라고 말하고 싶어하는지도 몰랐다.

"그러니까 선생님이 보시기에 우리 애 학생부는 양만 많지 질적으로 입학사정관들의 눈에 띌 만한 내용이 부족하다는……."

"입사관이 뭐가 아쉽다고……. 솔직히 그 많은 지원자들의 학생부를 뜯어보며 일일이 그런 것을 찾아내기에는 물리적으로도 불가능에 가까울 겁니다. 그러니까 처지가 급할 수밖에 없는 학생이 그걸 자소서든 하다못해 면접이든 제가 알아서 억지로라도 내세워 보라는 겁니다. 내가 꼭 이 과에 합격해야 할 이유와 자격이 있습니다, 하는 그럴싸한 스토리를 아주 세밀하고 구체적으로 꾸며서요. 물론 다 학생부에 나와 있다고 인정되는 사실만 가지고서 말입니다."

"하기는 우리 애 학생부는 이것저것 한 거는 많은데 바로 여기다 싶은 게 잘 떠오르지는 않더라구요. 그런 경우는 어떻게 하는 게 그래도 합격 가능성을 높이는 길이 될까요?"

"지금 성적이 그렇게 나쁜 게 아니니까 학생부 교과로 몇 군데 내 보고요, 나머지는 굳이 자소서를 요구하지 않거나 형식적일 뿐인 전형을 찾아보아야겠지요. 아주 조금 눈높이를 낮추어야 할 필요가 있을지도 모르겠지만요."

"그런 게 과연 있을까요? 나머지를 다 채울 수 있을 만큼요?"

"어머님! 꼬치꼬치 따지고 들자면 거의 수백, 수천 개의 다양한 전형이 있을 겁니다. 하도 많아서 저도 일일이 다 꿰고 있을 수 없을 정도이니까요?"

그래! 얼마 전 동네 비프랜차이즈 카페 한구석에 마주 앉아서 장시간 이야기를 나누었던 또 다른 카페 맘의 마지막 결론이 이거였을지도 모르겠다. 노에지드 시티에 홀로 살아 계시는 카페 맘의 노모와 관련되는 일 하나 때문에 다 듣지 못하고 자리를 조금 일찍 떠야 했지만 지금 생각해 보니 해당 전형만큼은 담임보다 더 해박하고 조예가 깊은 그 카페 맘의 목소리가 귀에 생생하게 울려오는 느낌이었다.

아울러, 유명 대입 재수 전문 학원의 광고지에서 본 적이 있었던, 어느 성실한 입시생의, 정확하게는 재수에다가 반수생의 다소 시니컬한 합격 후기 한 구절이 정확하게 오버랩되는 것이었다,

"할 수 있는 것들은 다 해 봐야 하질 않아? 내 새끼의 앞날이 걸려 있는 대학인데 어떻게든 들어가게는 해야 할 거 아냐? 그렇다고 지금 내가 저 루어스 메트로 부자 동네 사람들처럼 잔뜩 돈을 풀어가면서 억지를 쓰자는 얘기는 아니야! 그 사람들은 아예 애가 어렸을 때부터 의대면 의대, 로스쿨이면 로스쿨, 목표를 세운 다음에 아주 디테일하게 컨설턴트가 기획한 대로 차곡차곡 실천에 옮겨 나간다고 하잖아?"

"그것도 기본적으로 애가 성적이 되니까 할 수 있는 것 아니에요? 부모로부터 물려받은 머리가 아주 좋든지 아니면 따로 물려받은 돈에다 사교육으로 이중 삼중 덧칠을 해서 말이에요."

"자기야! 아직 잘 모르고 있었구나! 그 사람들이 머리가 조금 딸리면 외국으로 보내서 학력 세탁 같은 걸 할 수도 있는 사람들이란 것을……. 그 많은 돈가운데 조금씩만 모아서 외국에다가 국제 학교 같은 거를 하나 세우고 자기네 아이들이 거기를 다니게 한다는 거야!"

"어! 그런데……, 우리 카페지기님도 아이가 중국에서 국제 학교를 다닌 적이 있다고 하질 않으셨어요?"

"우리야 뭐, 애 아빠가 주재원으로 자원했을 때 1년 남짓 함께 딸려서 내보낸 거에 불과한데 어디 그 사람들하고 게임이나 될 수 있나? 애나 남편이나 엄청 고생스럽기는 했는데……, 덕분에 중국어 하나는 마스터했으니까 됐지!"

"그런데 국제 학교 출신은 더 불리하지 않아요? 우리 카페지기님은

그나마 1년이었지만……, 내신이나 수능 이런 것들이?"

"그러니까 우리 애보다 더 재외국민 특별전형으로 올인들을 하려는 거겠지? 호호……! 근데, 사실 되기만 하면 정말 대박 아니야?"

…… 3수(정확히는 2.5수) 끝에 의대에 합격한 지 한 달 가까운 시간이 지났지만 여전히 주위에선 그간 얼마나 힘들었냐는 둥, 정말 마음고생이 이루 말로 표현할 수 없었을 것이라는 둥 위로 섞인 격려의 말씀을 많이들 해 주신다. 사실 그 과정이 결코 쉬운 일은 아니었을 것이다. 그러나 냉정히 생각해 보면 막연히 도전해 보겠다는 의욕만 가지고 주먹구구식으로 임했던 시간과 노력들이 아깝고 아쉽기만 하다. 3년 전으로, 아니 2년 전으로라도 다시 돌아갈 수 있다면 그러한 시행착오를 범하지는 않았을 텐데……. 인제 와서 절감하는 것은 입시는 확률 싸움이라는 것이다. 확률이 도박장에서 유래했듯이 내 패와 상대의 패를 잘 알고 입시에 임하는 것이 관건이다. 먼저 내 패를 파악하기 위해서는 자신의 성적이나 가능성을 냉정하게 들여다보아야 한다. 메트로 권의 의대를 예로 든다면, 내신이 1등급 초반대가 아니라면 학생부교과, 심지어는 학생부종합은 승률이 확연히 떨어질 것이다. 그렇다면 대안은? 예사로 100:1을 상회하는 논술전형이 있을 뿐이다. 여기에는 여러 가지 변수가 따른다. 기본적으로 수능 최저 등급을 충족하는 것은 물론이고 대학이 요구하는 수준의 논술 답안을 작성할 수 있는 능력을 기르는 대책 없이 지루한 준비 과정이 ……

아아 타향도 정이 들면

상가 뒷골목 이 근처에 변함없이 세워져 있어야 할 차에는 아직 등도 들어와 있질 않았다. 오늘 아침에 아내가 몰고 나갔을 그 국산 중고 소형차는 상대적으로 주차하기도 수월하고 기름값도 많이 먹질 않는데도 굳이 그러는 까닭에 그는 울컥 답답함을 느꼈다.

'거, 사람! 콩알만 한 차 한 대를 여지껏 제대로 대질 못하고서는……. 그리고 아끼면 얼마나 아낀다고 이렇게까지……?'

그러다가 언뜻 스쳐보았던 상가 건물 저쪽 모퉁이 칼국수의 행복에 모든 조명이 다 꺼지지 않았던 듯한 느낌이 떠올랐다. 모처럼 또 다른 콜이 들어왔는지 확인도 할 겸 스마트폰을 열어 보니 아내로부터의 카톡 알림이 당도해 있었다. 그는 이미 놓쳐버린 그 메시지를 뒤늦게 읽기보다는 직접 통화를 하는 게 낫겠다는 생각이었다.

"여보! 난데……, 당신 카톡 못 봤으면 그냥 가게로 와요! 여기서 다들 기다리고 있으니까요!"

"장사 끝난 것 아니었어? 그런데 다들이라면……, 아직 안 들어갔단 말이야? 무슨 일 있어?"

"그러니까 아무리 일하는 중이라고는 해도 제발 내 카톡 좀 그때그때 보지! 별일은 아니고요, 그냥……."

말끝을 흐리는 걸로 봐서는 그냥 넘어갈 일은 아닌 듯했다. 오늘 가게에서 무슨 일이라도 있었던 걸까? 아내로부터 먼저 걸려온 전화에 그는 본의 아니게 약간 퉁명스럽게 응대를 하며 지금 자신의 처지를 스스로에게라도 일깨워 주어야 할 필요를 느꼈다.

"나 빨리 노에지드 시티로 건너가서 손님들 콜 받아야 하는 거 당신이 더 잘 알면서……, 왜?"

"아, 글쎄 오늘은 월요일이라 술 먹는 사람도 여기도 그렇고 거기도 그렇고 별로 없을 것 아니에요? 어, 저기 벌써 오네!"

그가 아두만 자치 타운에서는 제법 알려진 중심 상가에 자리 잡은 칼국수 전문점의 문을 열고 들어서자 생각지도 못했던 일이 벌어져 있었다. 그런데 정확하게는 이미 벌어져 있었다기보다는 바야흐로 벌어지는 중이었고, 장차 한동안은 계속해서 벌어질 일이었다.

"형님! 이게 정말 얼마 만입니까. 일단은 어서 들어와 앉으시요! 요새도 밤에 많이 바쁩니까?"

"제부! 어서 오세요! 이렇게라도 해야 우리 제부님하고 얼굴 마주 보고 술이라도 한잔하지. 그래도 엄연히 아랫사람이신데……, 우리가 모시기가 이리 힘들어서야 어디 쓰겠어요?"

그는 우선 이곳 아두만 자치 타운에서도 짧은 거리를 타고 이동한 전동 킥보드의 시동을 다시 끄고 나서 아예 접어 버리기까지 할까 하다가 그냥 가게 안쪽의 입구 가까이에 세워 놓았다. 고개를 가볍게 숙여 역시 가벼운 농담으로 그를 반겨 주는 둘에게는 인사를 대신하고, 마치 웬 소동이냐는 듯 오늘 아침부터는 처음 보는 아내에게 눈길을 주었다.

"당신이나 나나 괜찮다는데……, 자꾸 언니하고 형부가 날짜 따지고 사정 보고 이러면서 미루다 보면 다 같이 마주 앉을 날이 하루도 없겠다고 하면서……."

"무슨 소리야? 당신은 괜찮아도 나는 안 괜찮았었는데 마침 잘됐네! 엎어진 김에 쉬어 간다고 오늘 밤은 우리 큰동서하고, 또 우리 처형하고 모처럼 술이나 진탕 마시면 되겠네! 아! 그러지 말고 당신도 같이 마시자! 언니가 마시는데 감히 동생은 안 마시는 게 어딨어? 그래도 한 몸에 한마음이나 다름없는 사이들끼리 말이야?"

"나까지 마시면 강 건너서 집에까지 차는 누가 운전해서 간다고 그래요?"

"차? 아 참, 그 쬐끄만한 차는 어디 숨겨놨는데? 아, 이 사람! 어디에 뒀건 그거야 대리 부르면 되지! 대리운전 기사가 술이 잔뜩 취해서는 대리를 부르면 그것도 꽤 재미있는 일 아니야?"

'여보 일 끝나려면 아직이야? 나는 다리 건너가는 손님 만나서 그리로 가고 있는 중! 시간 맞으면 차 앞에서 먼저 기다릴까? 그때 가서도 안 보이면 그냥 가고!'

대략적인 계산이나 그간의 경험상 월요일은 고객이나 대리 일이 상대적으로 적을 확률이 높긴 하였다. 오늘 밤도 겨우 노에지드 시티 안에서의 콜 두 개를 받고 내내 뜸하다가 다행히 걸려온 것이 아두만 자치 타운 행이었다. 그의 말처럼 엎어진 데서 마침 퇴근 직전일 아내를 만나게 된다면 그 차를 얻어 타고 노에지드 시티로 돌아갈까도 하였다.

거추장스러운 킥보드를 접어 들고 이미 끊겼을지도 모를 BRT에 가까스로 올라서 돌아가기에는 버스 기사의 눈치도 눈치지만 그 자신부터 번거롭기가 더하였다. 그렇다고 한가하게 택시를 잡아타는 것은 그야말로 하룻밤 벌이에 비해 배보다 배꼽이 더 커져 버리고 마는 격이었다. 그래서 일단은 아내부터 만나고 나서 강을 건너 같이 집으로 들어가든, 아니면 콜을 몇 개나 더 받을지는 모르겠지만 썰렁한 노에지드 시티의 구도심 유흥가 앞을 지키고 있을지를 정해도 정할 생각이었다.

사실 솔직하게는 되는 대로 할 작정이었다. 나중의 귀가건 일이건은 물론이고, 애당초 여기에까지 와서 아내를 만나게 되는 것도 꼭 그래야만 하겠다는 의지 같은 것은 없었다. 그래서 나름 노에지드 시티로부터 장거리에 해당하는 손님을 모셔다드리고 나서도 아내가 일을 마치기까지는 약간은 시간적인 여유가 있어서도 그랬지만, 굳이 스마트폰을 꺼내 들어 답장을 확인하지 않고 이렇게 직접 찾아왔던 것이었다.

'언니! 나, 방금 우리 그이가 이리로 온다는데 그러면 도착하는 대로 먼저 들어가 볼게!'

'안 돼! 누구 맘대로……. 오늘은 우리 제부 그 양반을 붙들어 모셔 놓고 내가 나누고 싶은 얘기가 많단 말이야. 자기야! 오늘 수육 삶아 놓은 거 아직 남아 있지?'

모르긴 몰라도 그가 칼국수의 행복으로 들어서기까지 길지 않은 시간 동안 아내로서는 언니네들 몰래 약간은 속을 태웠을 아닌 밤중의 자매간 회식 제의였을 것이다. 그래서 난데없는 홍두깨질을 당하게 된 격인 그가 오히려 흔연한 모습으로 급하게 태세를 전환하자 아내는 무척 당

황스럽고 많이 놀란 표정을 되돌려 주고 있었다.

그러나 정작 이 상황이 가장 당혹스러운 사람은 바로 그 자신이었다. 불 꺼진 간판의 흐릿한 상호대로 누군가의 행복을 보장하는 주메뉴인 칼국수는 이제 없었다. 아마도 이 집의 중심 매출 품목일 김이 모락모락 오르는 갓 삶아서 건져 올린 듯한 수육을 썰어 놓은 큼지막한 접시! 각종 채소와 양념, 정갈해 보이는 밑반찬, 크고 작은 유리잔 따위들의 조금은 난잡스러운 틈바구니! 그 틈을 비집고 단연 우뚝 비쭉 솟아나 있는 낮고 높은, 이 지역의 파란 소주병과 적갈색의 전국적인 맥주병!

이 모든 것들이 순식간에 차려내진 술상은 먹음직스럽기는 할망정 사실 그만의 당혹과는 거리가 있었다. 그리고 이렇게 급조된 성찬에 둘러앉아 이제 심야의 향연을 벌이게 될 인물들도 일부 서먹한 감이 가슴 밑바닥에는 가라앉아 있을지언정 그가 당혹감을 느껴야 할 정도로까지 불편한 사이는 아니었다. 분명 똑같이 생긴 자매들에다가 각기 그들과 서로 닮아가는 동서지간이 아니었던가?

그를 진정 당혹스럽게 만든 것은 그가 처음 먹었던 마음과는 다르게 스스럼없이 이 자리에 합류하기를 마다하지 않고 있다는 사실이었다. 아무런 준비나 대책이 없었을 텐데도 그가 자칫 굳어질 뻔하였던 좌중의 분위기를 가벼운 농담과 과장된 호기로 누그러뜨리고 있는 모습은 모두에게 예상 밖이었으리라. 그래서였을까? 이 늦은 시간에는 다들 일에 지친 몸이 피곤해질 수밖에 없는 오십 대 남녀의 마음이라도 편안하게 만들어 주고 있었다. 그는 나머지 사람들에 비해서는 그래도 댓 살 이상의 최연장자였다.

'그래도 몇 년 굴러먹었다고 나도 이 양반들같이 어느새 이 바닥 사람

이 다 된 모양인가?'

"그러니까……, 우리 형님은 이리로 온 지가 몇 년이나 되셨소?"

"내가 루어스 메트로에서 박사 과정을 마치고 딱 서른에 이제는 지긋지긋해져 버린 그놈의 연구소에 취직이 되면서 처음으로 와 봤으니까 얼추 한 삼십 년 다 되어 가는 것 같은데……. 정확하게 이십팔, 이십구? 하마 하도 오래되어서 인제 계산도 억수로 흐리다!"

"그러고 보니 내가 중학교 들어가면서 우리 양친께서 도저히 야단법석 난리가 난 고향에서는 파먹고 살 게 없다고 루어스 메트로도 아니고, 겨우 노에지드 시티까지만 올라오셨으니까……, 말하자면, 나보다는 마침 십 년쯤 늦게 오신 거이구만!"

"야! 당신은 그게 뭐라도 된다고 그렇게 꼬치꼬치 따지려고 드냐? 니가 우리 제부보다 이 타향 바닥에서는 더 선배라도 된다는 얘기냐, 지금? 그렇게 치면 저 사람들보다 나랑 결혼은 딱 십 년이나 늦게 한 주제에 말이야? 인제는 기억도 가물가물한 십 년도 더 지난 그 옛날에 이제 곧 마흔 살로 넘어갈 노총각 불쌍해서 그래도 꽃다웠던 내가 큰맘 먹고 구제해 줬더니만……. 게다가 이 중에서 제일 나이도 어린 사람이!"

"아이고, 그러십니까? 저보다도 무려 일 년씩이나 나이도 밥도 더 많이 드신 우리 누이! 그 은혜 참말로 감사합니다요. 헤헤!"

혀가 꼬일 만큼은 아직 술이 몇 잔 들어가지도 않았는데 무슨 어려운 방정식이라도 푸는 것처럼 네 사람 간의 이른바 호구 조사는 마구 꼬여 드는 느낌이었다. 여기서 누가 더 오래되었고 누가 더 새롭고 하는 논란은 근본적으로 누가 더 위고 누가 더 아래인가 하는 관계가 아직껏 뚜렷하게 정립되지 않아서 발생하고 있는 다소 골치 아픈 문제였다.

아니었다! 사실은 셈이 그리 복잡할 것까지도 없을 일이었다. 자기식의 계산으로는 그보다 여섯 살 어리다는, 그러니까 무려 한 살씩이나 더 먹었다는 처형의 연하 남편이 손위, 즉 큰동서고, 그가 손 아래 작은동서라면 족할 일이었다. 그의 아내가 쌍둥이인 처형보다 한 시간 안팎 늦게 태어난 엄연한 동생이니까 그러면 진작에 간단하게 해결될 문제 아니었던가?

"우리가 결혼하게 되면 자기가 윗사람이 되겠지만, 거추장스러운 식도 안 올릴 거고 또 나한테는 형부같이 오래된 제부니까 괜히 나대지 말고 형님으로 모셔야 해! 자기하고는 다르게 공부도 얼마나 많이 하신 분인 줄 알아?"

"그래요? 그래야지요! 나보다 먼저 이 집안 식구가 되신 분이니까 당연히 그래야겠지요! 우리 누이는 걱정 붙들어 매 두소! 앞으로 개인적으로는 형님으로 모시겠습니다. 그래 그렇게 공부도 잘하셨다는 우리 형님께서는 지금 어디서 무슨 일을⋯⋯?"

"뭐, 차차 얘기하기로 합시다. 그리고 나는 아무래도 상관없으니까 두분이 편하실 대로⋯⋯, 그냥 부르고 싶은 대로 부릅시다."

처음 대면할 때부터 이렇게 없던 족보가 꼬일 대로 꼬이도록 유도한 장본인은 그에게는 처제 같아야만 하는 처형이었다. 젊은 나이에 철없었던 결혼 생활에 실패한 적이 있었다고 들었다. 그래서인지 자신의 소생도 없이 이제는 두 분 다 돌아가신 장인 장모 품에서 벗어나 진작에 혼자 사는 아내의 쌍둥이 언니였다. 그러던 처형이 어디서 근본도 모를 듯한 묘한 남자 하나를 물고 들어와 재혼 살이 비슷한 것을 선언하는 마당에 아내와 단둘이서만 불려 나간 게 거의 십오 년이 다 되어가고 있었다.

제법 세월이 지나갔어도, 그때 처형이 제부를 자기 남편감보다 먼저 배려하는 듯한 자세를 취한 것은 그 자신 때문이 아니었다. 그것은 당연히 그의 아내 때문이었다. 디테일하게는 그때까지도 집안의 큰 걱정거리였다는 처형이 오랜 시간 억지 언니 행세를 포기하지 못하게 만들어 버렸던, 이 세상에 하나밖에 없는 자기 쌍둥이 동생을 향한 감히 외경스럽고 송구한 예우랄까, 아무튼 그 비슷한 무엇 때문이었다.

"가끔씩……, 아니다! 말하자면 그 또래 다른 여자 손님들에 비해서는 자주인 편이었지. 이 사람이 가게를 찾아와서 머리를 하고 가는데 하여튼 제가 기분이 묘했습니다요!"

"얼마 전에 한 것 같은데도 펌이 어느새 풀려서는 내가 다시 금방금방 찾아오니까?"

"어이, 우리 누이! 그게 아니라니까! 하기는 그것도 그거지만 올 때마다 사람을 대하는 태도가 달라지니 다 늙은 노총각의 이 가슴이 자꾸만 가면 갈수록 싱숭생숭하겠소? 안 하겠소?"

"언니 얘는 으레 그렇다고 쳐도 아무것도 모르고 있던 제가 도대체 어쨌길래 그래요?"

알 듯 모를 듯한 얇은 미소를 지어가며 그의 아내가 애라고도 부르고 있는 언니의 대꾸를 가로채었다. 소맥으로만 두 잔쯤 마셨을 텐데도 어느새 술기운인지 볼살에 발그레한 색조가 올라 이런 유의 시시껄렁한 대화 분위기에는 적당히 어울려 보였다. 그는 이 이야기의 결말을 그때는 술도 마시지 않았던 아내가 지금과 흡사한 홍조를 띠며 들려준 적이 있었기에 이미 잘 알고 있었다.

"그러니까 한번은 다 내 줄 것처럼 화통한 듯하다가 또 다음번에는 새초롬하니 내숭을, 처제분! 아이고, 그리고 우리 형님! 참으로 죄송스럽습니다마는……, 그게 진짜로 그랬었다니까요! 나중에는 한 사람이 아니라 한날한시에 태어난 쌍둥이 친언니 친동생인 걸 알게 됐지만서도 말입니다."

"그렇게 둔했던 사람이 알기는 뭘 알아? 내가 일부러 얘하고 같이 들어서니까 그제야 알아차리고는 그 자리에 고대로 서서 한참을 꼼짝도 못 하고 있었으면서……. 내 참 기가 막혀서! 어디 말 나온 김에 솔직히 얘기나 들어 보자! 애였냐? 나였냐?"

"뭐가요? 다 지나간 인제 와서 또 뭘 솔직하게 얘기하라는 거요. 그제나 저제나 변함없이 화통방통한 바로 우리 누님 때문이지! 내가 누구 덕에 이리저리 굴러먹다가 이렇게 살게 됐는데……, 그러면 나 죄 받어!"

그는 활달한 성격의 처형과는 정반대의 차분한 이미지를 간직하고 있었던 그때 아내의 모습을 떠올려 보려고 하였으나 그게 도무지 쉽지를 않은 것이었다. 심지어는 그간 몸이 많이 축나기라도 했던 건지 큰동서와 처형이 번갈아서 거듭 권하는 몇 잔 술에 그 당시에 마땅히 있었어야만 할 것 같은 여러 가지 일들이 잘 그려지질 않기도 하였다. 다만 지금보다는 한결 여유롭고 느긋했었다는 막연한 느낌만이 그의 까닭 모를 망각을 적당히 기분 나쁘지 않을 정도로 위로해 주고 있었다.

'일이 그렇게만 되지 않았었더라면……, 개인적인 양심이고 사회적인 책임이고를 떠나서 당초에 소박했던 의도대로만 풀렸더라면…….'

여전히 속으로야 미안하면서도 사랑스러운 아내뿐만이 아니었다. 지금은 곁에 없는 두 남매의 귀엽고 자랑스러웠던 어릴 적 모습들이 기억나질 않는 것이었다. 그러면, 이제 와 다시 생각해 보니 그때 인생의 정점에 올라 있었던 자신은? 모두가 부질없는 일이었다. 그래서 만약에 조물주가 존재한다면 이렇게 인간에게 의미 없는 과거를 지워버릴 수 있도록 허락해 주셨는지도 모를 일이었다.

"처제하고 형님 닮아서 공부도 잘한다는 우리 조카님들은 어떻게 잘 지내고 계신답니까? 명색이 큰이모부가 되어서 용돈이라도 챙겨 주어야 할 거인데 통 만날 기회가 없네요."

"당신까지 왜 스리슬쩍 꼽싸리 끼려고 해? 이 나이에 제 새끼도 없는 처지의 나한테 걔들은 내 자식이나 마찬가지니까 알아서 내가 다 할게! 미안한데요……, 제부! 다 이해하시지요? 애처로운 이런 내 맘!"

"여보! 이번에도 언니가 말도 없이 미국으로 달러를 송금했다지 뭐예요. 루어스 메트로에도 빼놓지 않고 면접용 정장 투피스에다가 또 뭘 잔뜩 사서 취직 때까지 먹고 쓰라고 올려보내기도 했고요."

"그래요? 뭘 그렇게까지요……. 그러지 않아도 양단간에 이제 곧 내려올 아이한테까지……. 처형! 어찌 되었든 고맙습니다. 그리고 우리 큰동서도 말씀만이라도 고마워요!"

그도 확실하게 느꼈을 것이다. 듣기에 따라서는 말처럼 고마워하지 않고 있다고 받아들여질 수도 있는 그의 다소 투박한 억양이 잠시 분위기를 가라앉히고 있다는 것을. 그러나 그만은 분명히 알고 있었다. 그의 마음이 고마운 처형 내외를 향하고 있지 않다는 것을. 그것은 그 잘난 자식들에게 충분한 그늘이 되어 주지 못하고 있는 바로 못난 자기 자신을 향하여 더욱 날카롭게 각을 세우고 있었다.

"고맙기는요? 저 사람 저러는 거는 이 세상에서 오직 하나뿐인 큰이 모로서는 당연한 일인데요. 우리 형님도 기분 좋으신 일 아니겠습니까? 그나저나 형님도 처제분도 다들 좋으시겠습니다. 애기들이 그렇게 잘나 고 똑똑해서……. 솔직히 명색이 큰이모부가 돼놓고 이러면 안 되는데 막 부럽습니다. 질투가 다 나네요!"

"얘! 이 사람이 이렇단다. 글쎄, 있는 일 없는 일, 내가 다 하는데 생색 은 자기가 내고 있다니까! 자기네 집안 대소사도 그렇고 이 칼국수의 행 복 일도 그렇고……."

"그러니까 내가 우리 누이가 지금처럼 애먼 사람 잡는 것만 빼놓고 무 슨 일이든 시키면 시키는 대로 몸이 가루가 되건 말건 죽도록 뛰는 거 아니었습니까? 그런 의미에서 뭐? 또 필요하신 것들 없으십니까? 우 리 집의 명물 행복을 불러오는 칼국수 삶아 올까요?"

"아무리 넷이 먹다 하나가 죽어도 모르게 맛있어도 한밤중에 칼국수 는 무슨? 이렇게 술도 안주도 아직 많이 남아 있는데……. 나는 이것들 만 가지고서도 지금 충분히 행복합니다! 자, 듭시다! 우리 처형도 같이!"

예각을 누그러뜨리는 부러 둔감한 처형네의 대화에 잔을 권하며 그도 조금은 무뎌질 수 있게 되었다. 평생의 직장을 불미스럽게 그만두고 물 러 나오게 만들어 버렸던, 그리하여 그 잘났다는 아비를 한순간에 바보 못난이로 둔갑시켜 주었던, 어찌 보면 그의 가족 모두에게 가장 엄중했 었을 사태도 아무렇지 않게 사소하게 넘길 수 있을 듯싶었다. 결국에는 두루뭉술하기 그지없는 명색이 아이들의 큰이모부 덕이었다. 그러나 그 리다 만 반원에서 둔각 말고 남겨진 부분은 어차피 예각이었다.

"작은애는 이제 곧 취직이 되면 형님이 예전에 근무하시던 노에지드 시티에 있는 사이언스 콤플렉스 아무 데로나 내려오게 되는 거지요? 이 얼마나 대단한 일입니까? 딸이나 아빠나 다들 머리가 좋아서 그 좋은 대학교 공부를 끝마치자마자 루어스 메트로에서 이리로 내려오시다니요. 아 참, 지금 미국에 공부하러 가 있는 제 오빠는 말할 것도 없구요! 우리 집은 미국이나 루어스 메트로는커녕 겨우 노에지드 시티나 아두만 자치 타운도 감지덕지하고는 올라와 있는데요."

"그런 식으로 말하자면……, 나도 큰동서네처럼 저 아래쪽에서 올라온 건 마찬가지 아닌가? 다만 방향만 정반대로 여기서부터 서로 양쪽으로 갈렸을 뿐이지만 말이죠!"

"그러고 보니 다 맞는 말씀입니다. 그리고 거기나 저기나 찢어지게 못 사는 사람들이 많기는 마찬가지였을 거입니다. 그때 다들 한 끼니 한 끼니 때우고 살기에 얼마나 힘이 들었겠습니까? 그저 모든 게 저 위쪽 루어스 메트로로만 몰려들기 시작하던 때였을 테니까요."

"그래도 큰동서네는 부모님께서 무슨 다른 이유론가 더는 파먹을 게 없어서 올라오신 거지, 우리 집처럼 아예 파먹고 살 땅조차가 없었던 것은 아니었을 거 아니요? 그때 그 근처에 한창 공장들도 들어서고 그랬을 거 같은데……, 왜? 너무 어려서 기억이 나질 않는가 보구만!"

"여보! 당신 밤에 하는 이 일이 힘에 부치는지 좀 빨리 취하시는 것 같아요! 언니, 니가 보기에도 좀 그런 것 같지? 대신에 내가 미안해!"

'연륜도 식견도 부족한 큰동서 자네는 도저히 알 도리가 없는……, 그러니까 사람들마다 제각각의 히스토리는 다 간직하고 있는 거라네! 자네 부모님도 그러실 테고, 우리 부모님도 그렇고, 또 이렇게 되지도 않는 술주정이나 피우고 있는 나 자신도 그렇고……!'

아직 실현되지도 않은 가장 최근의 사태에 지레 찔려 내상을 입게 되었다는 술김이 부추긴 자격지심이었을까? 그는 굳이 치졸한 복수나 옹색한 앙갚음까지는 아니겠으되 한 세대도 더 전의 일을 가지고서 마구 휘둘러대었다. 그러나 누구랄 것도 어디랄 것도 없이 무턱대고 향해 있는 자의식과 기억은 또렷하다 못해 차라리 명징하였다.

그 중심에는 항시 그 자신이 있었다. 못 배우고 가난한 부모의, 마찬가지로 가난하지만 애석하게도 지나치리만큼 명민한 어린 그가 있었다. 그리고 그 아스라한 배경에는 역시 힘없고 가난한 고향이 있었다. 언젠가 가끔은 축복이었을 누렇고 너른 들판에서 파먹을 거라고는 말 그대로 땅밖에는 없는 고향 사람들이 있었다. 하지만 그때 그의 집은 그 광막한 평야에서 온전히 뿌리내릴 좁다란 땅뙈기조차도 가지고 있지 못했었다.

"거, 형님! 그때는 제가 아무리 어려서 잘 몰랐다고는 해도 요즘 들어서는 아버지, 어머니 때 우리 고향보다는 훨씬 더 잘나가고 있는 거 아닙니까? 바로 우리 형님네 거가……."

"더 잘나가고 있다, 거기가? 예전에 비하자면?"

"그렇지요? 한창 바람이 몰아닥치고 있는 지역 균형이니 기관 이전이니 혁신 발전이니 뭐다 뭐니 해서 옛날 우리 고향보다는 한결 나아졌지요! 심지어는 알짜배기 대학들까지도 모조리 들어갈 겁니다. 바로 거기로만……."

"알짜배기? 모조리?"

"아 글쎄, 그렇다니까요! 우리 고향에는 높이 세워 놓은 굴뚝으로 시커먼 연기나 내뿜고 도저히 눈코 뜨고 맡을 수 없는 냄새들이 진동하고 뻔히 보이는 데도 냇갈로는 더러운 폐수만 흘리고 했던 때에 비해서는……."

"우리 고향에는 그 시커멓고 더럽다는 것들이 진동한 적이 단 한 번도 없었는데도 지금은 이렇게 되어서 내가 다 미안하기는 한데……."

"지금 술맛 떨어지게 두 분은 옛날이야기는 왜 하고 계신 건데요? 무슨 어릴 적 누가 누가 못사나? 테레비 프로라도 출연할 것들도 아니면서. 그런 식이라면 여기 토박이인 우리들은 뭐 할 말이 없을 줄 알아요? 얘! 안 그러니!"

"언니도 그만하고, 형부도 그만 하세요! 그리고 그래도 제일 나이 많은 당신은 더 그만두시고요!"

'여기서 새삼스레 나이 문제가 나와서 좀 그런데……, 큰동서 자네는 역시 나한테는 안 되겠어! 나는 지금 내 얘기를 하려고 그러는데 자네는 몸소 겪어보지도 못한 듯한, 그리고 생생하게 기억하는지도 심히 의심스러운 기껏 자네 부모님들의 얘기나 옮기고 있질 않냔 말이야! 자네 말대로라면 사십 년 전엔가 그 안쓰러운 고향을 떠나온 뒤 과연 몇 차례나 소위 진정성을 갖고 찾아보았느냐는 말일세!'

그는 더 이상의 뒷말은 안으로 삭이며 다시 고향을 떠올려 보았다. 거기에는 인제는 많이 연로하신 두 노인네가 여전히 살고 있었다. 그네들은 큰동서가 그렇게나 혐오하고 있는 것들의 시혜를 전혀 누려보지도 못한 사람들이었다. 그리고 또한 그렇게나 부러워하고 있는 것들의 장차 가능한 혜택을 맛보기에는 너무나 나이가 들어버린 세대였다. 한가지 다행으로 그가 기억하고 또 이해하고 있는 것이 맞는다면, 그런 늙은 이들이 외로이 거기에는 아직도 많이 살아 남아 있다는 것이었다.

그런 그의 눈에 철도 모르고 멋도 모르는 큰동서는 좋건 싫건 자기네 부모들이 과거에는 당연하다며 누렸던 것들을 이제는 빼앗겨 버렸다고 믿으려 드는 눈치였다. 애초에 있었으니까 이제는 빼앗긴 것이고, 반대로 원래부터 없었으니까 지금이라도 무언가를 손에 쥐게 된 것은 엄청난 특혜라고만 여겨지는 모양이었다.

"자, 자! 큰동서! 다 집어치우고 우리 모두 술잔이나 비웁시다! 처형어서! 그리고 당신도!"

막연하고 다소 관념적인 것들이 오히려 술잔처럼은 털어내기가 어려웠다. 순전히 자신의 의지로 잔을 들고 스스로 마시고 할 수 있는 것들이 아님에도 더욱 집착하게 되는 것이었다. 그것은 지금 좌중의 술기운이 바야흐로 무르익어 가고 있는 까닭도 아니었다. 진짜로 먹고사는 일이 다급한데도 이러고 있는 존재는 이 세상에서 오로지 인간만일 거라는 생각이 그는 문득 들었다.

그런데 이 고즈넉한 한밤중에 그런 인간을 대표라도 하겠다는 듯이 큰동서는 그전의 고분고분하던 태도를 버리려 하고 있었다. 이 사람이 원래 이런 거에는 지기 싫어하던 사람이었나? 아니라면, 이런 유의 성격들이 종종 그러하듯이 술에 기대어 속을 뒤집어 보이려 하고 있나? 그렇다면, 그런 사람마저도 손에 꽉 쥐고 흔들어 대거나 손바닥에 올려놓고 부려 먹기를 마다하지 않는 사람한테도 막 이러면 상당히 곤란할 텐데.

"그런 아무짝에도 쓸따리 없는 얘기보다도오……, 처음에 이리로 올

때 생각했던 거만큼 장사가 안돼서……, 내가 괜시리 엄살이나 피운다는 소리 들을까 봐서 누구들처럼 표는 안 내도 한걱정인데 왜들 그래요? 이렇게 모처럼 기분 좋게 다 모여가지고서는……."

언뜻 보고 듣기에 아두만 자치 타운의 중심 상권에 당당히 자리한 칼국수의 행복은 가게도 시원시원하니 크고 세련된 데다가 편이한 점심 장사 말고도 저녁 늦게까지 술손님도 적지 않다고 하였다. 젊은 날 제 성질과 기운을 주체하지 못하는 쌍둥이 언니를 철딱서니 동생처럼 보듬어야 했던 대가로 맏이 대접을 받았다는 아내가 사세 역전을 절감하며 못내 부러워하고 있는 핵심 대목이기도 하였다.

"노에지드 시티보다는 훨씬 좁은 신도시 복판이라 가겟세가 솔찮게 들어가는 것도 같구요……, 여기 우리 처제분도 계시지만 인건비도 만만치 않구요……, 이 안에서 해결해야 하는 채소 같은 부식 재료비도 많이 들구요……, 그러다 보니 음식값은 좀 올려서 받아야 쓰겠구요……, 그러면 손님들이 눈에 띄게 줄 것도 같구요……."

"당신은 당신 어머님처럼 진짜 타령은 잘하지도 못하면서 신세타령은……, 아니다! 이거는 가게 타령, 장사 타령이지? 그런 건 정말 잘하네. 호호호! 어이구, 이 인간아!"

"여보! 그래서 언니가 노에지드 시티에다도 가게를 하나 더 다시 낼까 한다는데요……, 나보고 한번 맡아서 해 보라고……."

"당신한테? 당신이 무슨 수로 이만큼은 아니겠지만 그래도 손이 많이 가는 수육에 칼국수 가게를 혼자서 하겠다는 거야? 그게 되겠어?"

"제부! 아, 제부가 지금처럼 대리 때려치고 같이 하면 되겠네요! 그렇게만 되면 얼마나 보기 좋아요? 여기는 쌍둥이 언니네 칼국수의 행복,

거기는 쌍둥이 동생네…….”

“그래야 할 정돕니까?”

“내가 옆에서 대충 지켜보아도 가게의 덩치는 더 커졌는데도 요새는 노에지드 시티 때보다 이문이 많이 남는 것 같지는 않아요?”

그렇기는 한 것 같아도, 그가 보기에 아내의 하나뿐인 형제이자 활달한 성품의 처형이나, 그리고 심지어 차분한 성격의 아내나 그들의 말을 액면 그대로 믿기에는 무언가 미심쩍은 구석이 있다는 판단이었다. 그리고 그것은 이 두 자매에게만 국한되는 문제가 아니라 이 지역 사람들에게서 보편적으로 발견되는, 그러니까 거의 본질적이라는 생각이었다.

“여기에서도 장사가 그렇게나 안 된다면 다시 물 건너가 보았자 마찬가지일 것 같은데요! 내가 지금 하고 있는 일이 마침 그래서 하는 말인데……, 자꾸 빈껍데기만 남는 것 같은 노에지드 시티도 여기보다 훨씬 안 되면 안 되지 나을 것 하나 없다구요! 어떻게 생각해요? 우리 큰동서께서는?”

그는 그만의 편견일 수도 있겠는데, 고향이고 대학이고를 합친 것보다 더 긴 삼십 년이 다 되어 가는 세월 동안 도무지 토박이들의 속내를 알 수가 없었다. 그것은 자기보다 십 년을 더 겪어보았을 나이 어린 동서도 역시 마찬가지였을 거라는 확신까지 새삼 다시 드는 것이었다. 만약에 처지가 뒤바뀌었으면 동서는 부창부수 격의 장단을 내려놓고 자기 대신으로 의심부터 하려 들었음이 참으로 마구 타오르는 불길을 보듯 뻔할 일이었다.

“워낙 우리 누이가 겉으로 화통한 것과는 다르게 속에 담고 있는 생각도 많고, 은근히 심각한 고민도 많고, 그리고 암말은 안 해도 속 깊은 정도 많고……. 아! 지금 우리 처제분과 조카님들 생각하듯이요. 사실 그렇기는 한데요……, 아마도 장사, 이거는 진짜인 거 같습니다. 그래도 제가 명색이 우리 각시의 하나밖에 없는 신랑 아니겠습니까?"

그리고 이게 다 행정 주도가 아두만 자치 타운에 자리 잡으면서부터 비롯된 일 아니겠습니까는 차마 아직은 거두어 삼킬 수밖에 없었을 것이다. 비록 그랬어도 은연중에 큰동서는 그의 의견에 충분히 동의하고 있는 셈이었다. 왜냐하면, 구차하게 길고 짧은 것을 새삼 재볼 필요도 없이 둘은 그 근본이 이주민에 마땅히 타지 사람일 뿐이었다. 지금 여기는 저기 양 갈래 남녘에서는 제법 떨어져 있는 나흐만 주의 한복판이니까 더욱 그래야만 하였다.

그는 본래 여기보다도, 그리고 루어스 메트로보다는 훨씬 더 멀고 외진 고향 출신이다가 보니까 당당히 주도든, 하다못해 행정학 교과서에도 등장할 것 같지 않은 행정 주도든 가릴 것 없이 원칙적으로 찬성이었다. 나흐만 주 전체로 놓고 보자면 골고루 균형 있게 발전해 나가자는데 반대할 마음이 생겨날 까닭이 없었다. 게다가 자신이 지지하는 참신한 정치인으로부터 촉발되었다는 사실도 개인적으로는 그리 기분 나쁘지 않았었다.

"행정 주도 좋지요! 세상에 어디 오래되고 가장 큰 도시라고 해서 루어스 메트로만 마르고 닳도록 대장 노릇 하라는 법이 있나요? 진작에 그랬으면 우리 부모님께서 그리로 올라가지 못하시고 기어이 이 동네에 머무신 것이 무슨 용한 점괘라도 내리신 것처럼 커다만 복을 받을 수도 있었을 텐데요."

그 점은 내심 생각이 조금은 달랐을 수도 있는 큰동서도 애써 부정하지는 못하는 일견 정당하고도 합당한 사유였다. 일이 진행되는 과정을 십 년 가까이 쭉 지켜보면서, 자신이 음과 양이라는 관점에서 그래도 플러스적인 스탠스를 취하고 있었다면, 그는 정반대의 위치에 서 있다는 느낌을 받게는 되었지만 말이었다. 그리고 자신의 고향에는 예나 지금이나 더하기도 빼기도 아닐 수 있는 일이 큰동서의 아주 옛날 고향 입장에서는 확연하게 무언가를 빼앗기는 걸로도 받아들여질 수 있겠다는 점이 이해되기도 하였다.

"이 동네 양반들이요? 아, 정말 좋지요! 성격 번잡스럽지 않고 인품 점잖고 사람 봐가면서 차별 안 하기로는 이 나흐만 주 안에서 최고지요! 그러니 저도 그랬었고 우리 형님도 그러시고 그래도 엄연히 남인데도 무탈하게 몇십 년이 넘게 잘들 살아가고 있는 거 아니겠습니까? 제가 잘은 모르는데 그래서 형님네 고향 분들이 일단 들어왔다가는 그냥 여기서 뿌리내리고 사는 경우가……."

"제가 향우회 같은 데를 나가보지 않아서 생각 안 해 봤는데……, 정말 그랬던가요? 그래도……, 결국에는 남이라? 정말 그렇게 생각합니까? 여기서 나보다 더 오래 살았다는 양반이?"

"아무러면요! 이건 제 얼굴에 침 뱉는 격이지만 제 고향 같았다면 말처럼 쉬운 일이 아니었을 겁니다. 형님네는 안 그렇겠습니까? 그래서 그런지 대놓고 자기 속마음을 드러내 놓지 않아서 가끔은 의뭉스러워 보이기도 하고……, 또 가다가는 무슨 꿍꿍이속인지 몰라서 속이 터지도록 답답하기도 하고 그렇지만서두……."

"그래도 요새는 좀 달라진 거 같다면서요? 도대체가 뭐가 그렇게 달라졌습니까? 내내 그래 왔던 이 동네 양반들이, 아니 이전부터 크리스 강 양쪽에서 사이좋게 살아오던 사람들이?"

"주도 이전? 그 일이 있고 나서부터 좀 악착같아졌지요! 남들 보기에 뻔뻔해지기도 했다고 해야 하나? 좌우지간 대놓고 모여서 큰소리치는 경우가 요새는 드물지 않거든요! 오늘 낮에도 바로 요 앞에서……."

그는 큰동서가 말하려던 사태를 보지는 못했지만 잘 알고 있었다. 아니, 저녁 무렵 노에지드 시티 중앙역 앞에서도 목도한 사건에 비추어 익히 짐작할 수 있었다. 그리고 그것은 넓게 보아서 그와 경쟁하는 업종이라고도 할 수 있는 회사, 개인 가리지 않고 모든 택시의 뒤꽁무니마다 빠짐없이 붙어 있는 원색의 스티커를 통하여 늘 확인하고 있는 터였다.

행정주도에 초고속?

역사신설 결사반대!!!

루어스 메트로에서 그의 현재형 고향으로도, 큰동서의 과거 시제 고향으로도 단숨에 달려갈 수 있다는 초고속 열차였다. 그것이 현행 노에지드 시티 말고도 아두만 자치 타운에도 다만 몇 차례씩만이라도 정차할 수 있도록 하자는 주장은 요즘 이 지역의 가장 뜨거운 이슈였다. 그리고 그나 큰동서나 개인적으로는 스스로 모순되는 관점을 지닐 수밖에 없는 현안이기도 하였다.

"초고속까지 서게 되면 우리 칼국수의 행복이 여기서 장사하는데 손해날 것도 없고 나도 그럴 일은 별로 없겠지만서두……, 혹시라도 고향 갈 일이 생기면 좋기는 한데……, 그렇게 되면 너무 이 동네만……."

"여보세요! 그러면 됐지……, 뭐가 문젠데요? 자꾸 사람이 북적거려 주어야지 장사도 장사지만……, 그래도 한결 사람 사는 데 같을 거가 아니야? 지금 우리 가게만 해도 열 시만 넘으면 다들 집구석으로 기어들어가니……, 돈이 되는 새 술손님은 고사하고 기껏해야 남아 있는 취한 손님 뒤치다꺼리나 하고 앉아 있으니……."

"그런데, 당신은 이제 언제까지 이 일을 할지는 모르겠지만……, 그렇게 되면 손님을 더 빼앗기게 되는 것 아니에요? 아! 모르겠어요. 택시하고 처지가 같은지 다른지……. 야, 언니야! 나 자꾸 취하나 봐? 우리 이이하고 집에 어떻게 가지? 그러다가 택시비가 너무 많이 나오면은 또 어떻게 하고?"

"여보! 택시비가 아무리 많이 나오더라도 지역 할증은 없애면 안 돼! 기껏 다리 하나 건넜다고 대리 요금을 두 배나 받아먹을 수 있는데 그런 걸 왜 없애겠다는 거야? 그래도 택시보다는 싸게 먹히는데에……! 아 참, 여보! 우리 나 대신에 대리운전 부르기로 하고 마신 거 아니었어?"

술이 약한 아내도, 술을 즐기는 처형도, 그리고 어쩌다인 술자리의 맛을 제대로 모르고 있는 큰동서도 그는 모두 다 너그러이 이해해 줄 수 있을 듯싶었다. 거창하게 초고속이든지 소박하게 기차역이든지 하는 것들보다는 결국에는 아주 작고 미미한 오늘 밤의 술 동무들이 이 세상의 중심이어야만 하지 않겠는가? 그것은 애써 술에 취하기도 아니기도 하는 척을 해대는 그 자신도 기필코 예외일 수는 없는 것이었다.

다만, 그래도 여기서 제일로 멀쩡한 그만은 올바르게 생각해야 할 성싶었다. 그래서 일단은, 술 마신 대리 기사가 오늘 밤만큼은 대신 말짱한 대리를 부르는 게 맞았다. 그리고, 장차 초고속이 서든 안 서든 그것은 자신들의 결정 권한 범위 밖의 일일 뿐이었다. 그로 인하여 누군가는 다소의 이득을 보고 또 누군가는 얼마간의 손해를 입게 되겠지만 그것 역시 정확하게는 계산 불가였다.

조금만 더 정신을 가다듬어 가늠하자면, 어디까지나 다른 동네 출신인 그가 보기에는, 그리고 지금 막 술상에 엎어지고 있는 큰동서가 보기에도 노에지드 시타나 아두만 자치 타운이 한 동네인 것은 필시 분명하였다. 지들 주제도 모르고 아웅다웅하고 있는 것이 그리하여 가소롭기가 그지없어 하필 가여웁기까지 한 꼴이었다. 가엽기 그지없는 일이기는 하지만, 결코 웃어줄 수만은 없는 것이 또 큰 문제라면 문제였다.

이런 식으로 나흐만 주 안에서 좋다는 것들은 저 좋을 대로 모조리 빨아들이려 든다면 진정 큰일이 아닐 것인가? 그것은 그의 고향에도, 그리고 큰동서의 고향에도 절대적으로 반가운 일이 될 수는 없는 노릇이었다. 그게 바로 어마무시한 현실이란 것이었다. 결국에 그것은 또 하나의 저 루어스 메트로 같은 괴물을 좌우지간 당당하게든 뻔뻔하게든 어쨌든 만들어내고 마는 일에 그칠 것이기 때문이었다.

그래서, 그는 이제 정신을 바짝 차리고 자신만이라도 어떻든지 간에 결단을 내려야 한다고 다짐하였다.

"자, 자! 이제 그만들 합시다아……. 아, 여보세요? 얼마라고요? 무슨 대리비가 그렇게나 합니까? 바로 앞전에 강 건너서 넘어 올 때도 나는 절대로……, 그렇게까지는 할 수 없었는데에에……."

"여보! 제발 정신 좀 차려 봐요! 당신이 정신을 차려야지 뭘 해도 할 거 아니요? 나, 원, 참! 이런 낭패가 있나아……?"

그는 갑자기 울컥하고 말았다. 상가 뒷골목 이 근처에 변함없이 세워져 있어야 할 그 빌어먹을 차가 아무리 키를 빼앗아 눌러대어도 신호음도 들려오질 않았고 여전히 미등도 들어오질 않았다. 점차로 인사불성인 아내가 온전하게 기억을 해내지 못하고 있거나, 시간과 공간에 쫓겨 엉뚱한 곳에 대놓았던 것이 낮에 견인이라도 당했는지도 모를 일이었다. 무엇보다도 그가 지금 어쩌지도 못하고 있거나 어찌할 바를 모르고 있었던 까닭이었다.

'거, 답답한 사람! 그 하찮은 것도 굴러가는 차라고……. 그리고 제 언니네 가게도 무슨 직장이라고…….'

그러다가 언뜻 불과 몇 시간 전에 칼국수의 행복 입구 안쪽에다가 세워두었던 자신의 밥벌이 전용 전동 킥보드가 아차, 하고 떠올랐다. 급하게 상가 건물 저쪽 모퉁이 방향으로 눈길을 주어보니 그새 모든 조명이 다 꺼졌는지 그야말로 암흑천지였다. 아내보다 더 인사불성인 큰동서 대신으로 처형과 가벼운 포옹을 하고 헤어진 지가 바로 앞전일 텐데도 벌써 그렇게 되어 있었다.

그는 이 상태로는 앞으로 대리 기사도 택시도 쉽지 않겠다는 생각이 본능적으로 들었다. 그래서 상상만으로라도 눈물을 머금으며 대리를 취소하고, 얼마나 시간이 걸릴지는 모르겠지만 오직 아내와 함께 집으로 돌아갈 수 있는 택시를 잡아타기로 마음을 고쳐먹었다. 그래도 이곳 낯선 아두만 자치 타운보다야 그나마 익숙해진 노에지드 시티가 더 나을 거라는, 왠지 안이한 마음이 들었기 때문이었다. 비록 심야에 지역 할증까지 겹쳐져서 제법 돈은 되겠지만 그러는 게 옳다는 판단이었다.

전동 킥보드가 없어서 무시로 기사님의 눈치를 살피지 않아도 될 폭신하고 널찍한 뒷자리에 아내와 함께 앉아 저기 크리스 강 위의 장대한 현수교 하나만을 건너면 될 일이었다. 술에 취해선지 피곤에 절어선지 자꾸만 그에게 기대어오는 아내의 온기가 분명 처형의 그것보다는 따숩다고 느낄 것이었다. 그는 아마도 그런 아내가 알아듣건 말건 혼자서 중얼거릴 터였다. 물론 안전 운전에만 신경을 곤두세워야 하는 앞에 기사님에게는 들리지 않게 말이었다.

'여보! 우리 아두만 자치 타운이고 노에지드 시티고……, 또 우리 부모님 살아 계신 못살던 고향이고……, 하다못해 지금 우리 애들이 있는 루어스 메트로고, 저 멀리 미국이고를 다 떠나서……, 어디 한적한 곳으로 떠나서 우리 둘이서만 조용하게 살까? 그래! 지금이라도 가자!'

"저, 기사 양반! 시간이 별로 없어요. 자, 일단은 어서 출발하고 봅시다!"

키스테이션은 어디에

　지역 민방 기자는 일인다역으로도 충분치 않다는 사실만큼은 지난 몇 년 동안 확실하게 배우고 있었다. 출입처와 취재 분야라고 정해진 것이 있긴 한데 그 숫자가 너무 많고 또 정기, 수시 해서 빈번하게 돌려대는 인사이동으로 인하여 정확하게 머릿속에 정리되어 있기가 쉽지 않았다. 그때그때 일이 닥치면 자신이 거기로 나가야 하는가를 잠시 가늠해 보고 움직이든 그러지 않든 하기 일쑤였다.

　딴은 그러지 않아도 그 흔한 대우 딱지가 아닌 진짜 국장의 명에 따라 처신하는 편이 속 편하다는 보도국 내의 오랜 불문율을 이제 겨우 몸과 마음으로 받아들이고 있었다. 그래도 요 몇 달 상관에는 루어스 메트로 지사로 발령을 받아 한결 근무하기가 수월하였다. 여기서 수월하다는 것은 말 그대로 취재나 편집을 담당할 업무량이 절대적으로 줄었다는 의미뿐만이 아니라 스스로 운신의 제약을 덜 받아도 되는 물리적인 여건하에 피치 못하게 그가 놓이게 되었다는 뜻이었다.

　5년 미만의 일천한 현장 기자 경력에 황송하게도 지사장 감투를 뒤집어쓰게 된 그와, 일이 있을 때만 들르는 영상 취재 전담 및 편집을 일부 담당하기로 하고 현지에서 시간제로 계약했다는 프리랜서 VJ, 그리고 본사 인사팀에서 구해 놓았다는 상주 여자 인턴까지 최대 셋으로도 다 채워지지 않는 지사 사무실은 마냥 넓지는 않아도 노에지드 시티의 본사 사옥보다야 숨이 탁 트이는 느낌이었다.

"호호! 지사장님! 노에지드 시티 본사로부터 어김없이 오늘의 취재 중점이 긴급 업무 연락으로 도착했는데 한 부 출력해서 드릴까요? 아니면 업무용 메신저로 보내드릴까요? 호호호!"

"맨날 중점이고 긴급이라지! 별거 없으면 그냥 둬요? 그래봤자 의회로 찾아가서 지역구 의원들의 동향이나 살피고 의견이나 들어보라는 거 아니겠어? 어제까지 별것도 없던 사람들이 다 똑같은 얘기나 되풀이할 것 같은데……. 그런데 왜 자꾸 웃어요? 나만 보면 그렇게 저절로 웃음이 나와?"

그녀가 자신에게 일말의 진지한 호감이라도 보이고 있었다면 꺼내지 못했을 뻔한 농담으로 그는 가벼운 타박을 가하였다. 그처럼 여기 루어스 메트로 소재의 대학 출신으로 장차 방송 분야 진출을 노리고 언제까지가 되었든 경험 삼아 지사의 허드렛일을 맡아서 하기로 했다는, 그래서인지 아직까지는 여학생 같은 아이였다.

솔직하게 그처럼 기자가 되기에는 식견이 다소 부족해 보이기는 해도 감각이나 눈치가 기회가 주어진다면 리포터, 아니면 기상 캐스터 정도는 그런대로 할 수는 있겠다 싶었다. 게다가 그녀는 이십 대 중반 여성으로서의 젊음과 아름다움을 간직하고도 있었다. 그는 그녀가 별로 열심히 좇고 있는 것 같지도 않은 꿈의 허상을 그래도 먼저 경험한 사람으로서 뭔가 일러 주고 싶은 마음이 종종 들곤 하였다. 그러다가도 아직은 덜 칠해진 한지 위에 멋대로 개칠이나 해대는 꼴이 되지는 않을까 하여 지금처럼 실없는 농담으로 대신하고 있는 형편이었다.

그랬었다! 냉정하게, 그리고 솔직하게 말해서 방송 기자보다는 신문 기자에 더 어울릴 법한 비주얼의 소유자인 그는 이 건물 5층 한 귀퉁이의 지사 사무실로 처음 들어서는 순간부터 그녀가 썩 마음에 들었다. 그렇다고 해서 그가 뭘 좀 더 어떻게 해 보겠다는 의욕을 발휘하기보다는 언제까지가 될는지는 모르겠지만 그냥 당분간은 그 자태와 향취만을 즐기기로 작정하였다.

"아니에요! 지사장님 말씀처럼 중점이니 긴급이니 하는 어디 공무원들 같은 상투적인 문구도 문구지만요……, 노에지드 시티가 본사고 루어스 메트로가 지사라는 사실이 볼 때마다 너무 우스워서요. 사실 그렇잖아요? 고양이가 사자를 부려 먹는 꼴 같다는 느낌이……. 어머, 죄송해요! 제가 지금 크게 말실수한 거 맞죠? 그래도 제게는 소중한 일터나 다름없는데 우리 방송국에 의문의 일패를 안겨 주고 말았네요. 호호호! 용서하세요. 지사장님!"

"내가 우스운 게 아니라 우리 인턴사원님께서 웃음이 많은 사람이라는 걸 또 깜빡했네! 이제 곧 익숙해지겠지만 그때까지만이라도 좀 자제해 줄 수는 없는 건가? 사실 더 좁은 바닥에 있는 본사에서는 눈코 뜰 새 없이 바빴던 데에 비해서 이런 대도시에 있는 지사에서 이렇게 더 한가하다는 게 말이 좀 안 된다고 나도 느끼고는 있었지만 말이에요."

"어머, 제가 그런가요? 그런데 지사장님도 그게 우습긴 우습다고는 생각하고 계셨던 거잖아요?"

"아, 뭐 어쨌든 됐고! 오늘도 노에지드 시티건 아두만 자치 타운이건 거기서 방송이 어떻게 나갔는지 여기 루어스 메트로에서는 직접 확인할 길 없는 기사 한 꼭지만 따면 되는 거지?"

"히히! 두루두루 지당하신 말씀이시긴 하네요. 그런데 오늘은 그 기사마저도 작성하지 않으셔도 될 것 같은데요. 그 대신에……."

그녀가 어느새 프린트를 끝내고 종이 클립으로 철까지 해서 여전히 기분 나쁘지 않은 엷은 웃음기를 지워가며 건네주는 두 건의 문서는 그를 겨냥한 것 하나와 객관적으로 그가 넘볼 수 없는 고위층, 혹은 기관을 향한 것 하나로 구성되어 있었다. 그는 그녀의 다소 모호한 의도를 잠시 헤아려 보려다가 급히 멈추어 서서, 순전히 업무적인 배려로만 받아들인 채 그만의 것인 첫 페이지부터 훑어 읽기 시작하였다.

○○○○년 ○○월 ○○일(○요일) 업무 추진 사항

1. 나흐만 주의회 의장과의 본사 보도국장 전격 인터뷰 일정과 제반 사항을 세부적으로 조율할 것. 자세한 사항은 본사의 ○○월 ○○일자 주의회 발송 공문을 참조할 것.

2. 특히, 인터뷰 장소는 주도 이전의 완성이라는 상징성을 부각하기 위하여 아두만 자치 타운 행정 콤플렉스 광장으로 추진하고 있으므로 이 점을 강력하게 관철할 것. 현재 의장 측은 그곳 루어스 메트로의 주의회 의사당을 고수하고 있으니 원활한 업무 추진에 참고 바람.

3. 만약, 의사당 건물을 계속해서 고수할 경우 본사에서 태스크포스 팀이 파견되어 의장실이 아닌 로비 등 임의의 공간에서 인터뷰 세트를 가설한 후에 진행하게 됨을 확실하게 주지시키고 반드시 문서상이나 녹취상으로

확약도 받아 놓을 것. 세트 가설은 노후한 주의회 건물과 우중충한 분위기를 최대한 부각하기 위한 전략임을 절대 드러내지 말 것.

4. 의장과의 성공적인 인터뷰 결과에 따라서는 '루어스 메트로 주민들, 주의회 이전 열망!'이라는 타이틀의 후속 시리즈를 기획하고 있으니 지사 차원에서의 기사 작성을 위한 사전 시민 인터뷰와 계획안을 미리 준비해 놓을 것.

계속해서 이어지는 다음 페이지들은 굳이 새겨읽을 필요가 없을 듯하였다. 본사의 기획 의도는 이 문건이 아니더라도 익히 보고 듣고 느끼고 또 그러면서 약간 물들어가며 잘 알고 있었기 때문이었다. 그러니 당연히 그의 것이 아님이 분명한 두 번째 문서인 외부 발송 공문은 읽어보지 않아도 뻔한 내용일 것이었다. 그와 유사하거나 소위 복붙 수준인 듯한 것들을 본사에 있을 때도 여러 차례 본 적이 있었다. 다만, 그 모든 것들이 지금까지는 변변하게 성사가 되지 못했었을 뿐이었지만.

이렇게 특별 업무 지시가 내려올 정도면 이번만큼은 거의 성사가 되었다는 얘긴데……. 어떻게 나한테는, 아니지! 루어스 메트로 지사에는 일언반구 설명이나 지시도 없이 일방적으로 일을 처리할 수가 있지? 하여튼 그 좁은 구석에서 잔뜩 웅크리고서는 조물락조물락 일을 처리하는 그 인간은 영성 타고 난 지역 민방의 보도국장 자리라니까! 하기는 절대로 거역할 수 없는 더 윗선의 지시가 있었겠지마는 말이야!

가만! 그래도 상대가 섣불리 걸려들 사람이 아니었을 텐데……. 뭐라도 큰 걸 건 모양이로군. 그러고 보니 이게 꼭두각시 국장의 솜씨가 아니라 본사 윗선에서 직접 주도한 주의회 의장과의 막후 접촉과 그에 수반되는 합의의 결과일 가능성이 더 클 수도 있겠군! 그나저나 되지도 않을 주의회 이전에 왜 이렇게 미련을 못 버리는지. 어떨 때 보면 회사의 명운을 다 걸기라도 할 듯이 그러고 있으니 저 애의 말마따나 우습지도 않은 일이야!

"왜 그러고 있어요? 아까까지 호호, 히히, 하던 사람 어디 갔나? 내가 그렇게 무섭게 생겼어요? 좌우지간 됐고! 오늘은 영상 취재나 편집이 없을 것 같으니까 다른 일이 있으면 그 일 하셔도 좋겠다고 카메라 감독님께 문자나 넣어 드려요. 이번 주 안으로 밤이든 낮이든 뭐 따로 촬영할 게 있다고 했었지, 아마?"

"예, 알겠습니다. 지사장님! 그러면……, 오늘도 꼼짝없이 저 혼자서 사무실을 지키고 앉아 있어야 하겠네요. 그런데요……, 그렇게 무섭게 까지 생기시지는 않았는데요, 일이나 생각에 집중하실 때는 표정을 좀 무섭게 지으시는 편이에요. 아, 아니에요! 괜히 해 본 소리구요. 이제 곧 나가 보실 거죠. 안녕히 다녀오십시오. 지사장님!"

노에지드 시타나 아두만 자치 타운에서 시청 가능한 다섯 개의 지상파 방송국 중에 이곳 루어스 메트로에까지 올라와서 감히 지사든 취재본부든 두고 있는 곳은 그의 회사가 유일하였다. 국영인 전국 단위의 연방 채널은 현재까지는 실질적으로 주도인 루어스 메트로에 지역 총국 하나만을 두고 나머지 지역은 유무인 중계소로 커버하고 있으니 애초부터 해당 사항이 없었다. 그것은 전국적인 네트워크를 구축하고 있는 두개의 거대 상업방송도 어떤 의미에서는 마찬가지였다. 루어스 메트로나 노에지드 시타나 모두 다 대등한 지위를 부여받은 별개의 계열사일 뿐이기 때문이었다.

158
위 로 트 디 스 시 티

주 안에서는 실질적인 영향력이 가장 크다고 보아야 할 나흐만 공영 방송은 달랐다. 과감하게 행정 주도 이전에 발맞추어 오랜 거점이었던 루어스 메트로를 떠나 아두만 자치 타운 행정 콤플렉스 내에 입주한 지 제법 오래였다. 이는 주 정부의 완전한 주도 이전 의지를 표명하기 위한 상징적인 조처이기도 하였는데, 그것이 가능했던 이유는 나흐만 주에게 전적으로 운영 예산을 의존하도록 되어 있는 태생적인 구조 때문이었다. 또한, 그리하여 주 내의 주요 도시에 취재 기자들을 파견하여 상주케 하기는 할지언정 따로 지사 따위는 운영할 여력이 없는 가벼운 몸집 때문이기도 하였다.

그의 회사는 주 내의 여러 크고 작은, 그러나 독자적으로 설립된 방송국들이 하나의 느슨한 연합체를 형성한 민영 네트워크 가운데 하나였다. 당연히 키스테이션은 나흐만 주의 최대 도시 루어스 메트로를 중심 방송 권역으로 하여 설립된 제법 전통이 있는 어느 방송사였다. 이는 연방 안에서도 비중이 매우 큰 대도시를 거점으로 삼고 있는 만큼 나름대로 자본과 규모가 전국 단위의 민영 방송에 버금가게 성장을 거듭하다 보니까 자연스럽게 그렇게 되어 버린 측면이 있었다.

키스테이션을 제외하고는 그가 지금 근무하고 있는 회사를 포함하여 고만고만한 크기의 소재지 도시들에 걸맞은 너덧 개의 중급 규모 방송사들이 그 아래 자리를 차지하고 있었다. 나머지 여러 중소 도시를 기반으로 하여 난립한 방송사들은 거짓말을 조금 보태서 공설 시장이나 마을 단위의, 혹은 사내 방송 급의 조무래기들에 불과할 뿐이었다. 그리하여 지금도 어디에선가는 설립과 폐지, 소유권 이전과 매각, 매수가 빈번하게 이루어지고 있을는지도 모를 까닭이기도 하였다.

자체 제작 비율도 대중이 없었다. 크게 3분의 1 이하와 50%에 육박으로 나누어 볼 수는 있겠지만, 세부적으로는 제휴사마다 천차만별이었다. 마땅히, 그리고 피치 못하게 그 나머지 분량을 의존하여야 하는 키스테이션마저 일백 퍼센트를 완벽하게 채우지는 못하고 있는 실정이었다. 다른 제휴사에서 제작한 그런대로 괜찮은 수준의 프로그램들을 받아서 루어스 메트로 지역에 국한하여서 방송하는 경우가 흔히 있는 까닭이었다. 그리고 그 비율 역시 일정하지는 않았다.

그의 회사는 작년도에 모 기관에서 발표한 공신력 있는 통계상으로 키스테이션 다음으로 자체 제작 방송 비율이 가장 높은 제휴사였다. 소수점 이하를 반올림하면 지상의 목표였던 50%를 달성하였다고도 볼 수 있는 수준이었다. 사실 그 정도까지는 아니었지만 매년 비율상으로는 이십여 개의 제휴 방송사 가운데에서 최고이기는 하였다. 이는 오랜 세월 동안 공생 관계를 유지해 왔으면서도 동시에 키스테이션과의 경쟁 심리를 애써 감추지 못하는 모기업의 공세적인 경영 방침에서 크게 기인한 성과였다.

"우리가 언제까지나 오사카의 요미우리나 마이니치 같은 처지에 머물러 있어야 하겠어? 주도 이전도 주도 이전이지만……, 그 결과 모기업의 덩치가 월등하게 커지게 되면 당연히 키스테이션 자리를 가져와서 당당하게 꿰차야 하지 않겠어?"

"그러면 그러지 못하고 있는 지금 당장은 루어스 메트로 쪽이 오히려 자연스럽게 저 도쿄의 닛테레나 TBS 방송국 급으로 격상이 되어 버리는 셈인데도요……."

"야! 누가 단정적으로 그렇다고까지 했냐? 멀리 떨어져 있어서 지역은 다르지만 내가 둘 다 경험한 바로는 서로들 처지가 비슷하다고 비유를 든 것 가지고서는 너무 앞서 나가는 것 아니야? 아니, 그래가지고서는 어디 자기만의 진실보다는 객관적인 팩트를 제일의적인 생명으로 삼아야 할 명색이 기자 생활이나 계속할 수 있겠어? 응!"

"아이 참나, 국장님! 왜 그러세요? 저 친구는 기자치고는 술이 약하기도 하고요……. 또, 그만큼 우리가 키스테이션의 자리를 차지하는 일이 어렵기도 하지만, 또 그만큼 간절하기도 하다는 뜻으로 드린 말씀일 텐데요. 그래도 일본의 엄연한 수도인 도쿄도와 비록 국장님이 파견 연수를 다녀오시기는 하셨어도 한낱 지방에 불과한 오사카부의 격차가 어마어마한 것보다야 우리는 루어스 메트로를 확실하게 앞설 수 있는 결정적인 카드가 있지 않습니까?"

"그래! 바로 그거야. 내가 방금도 말했다시피 주도의 완전한 이전이라구! 실제로 별 힘도 없는 그깟 법원은 당연하게 될 일일 테고……, 이제 마지막으로 의회만 넘어오면 다 되는 것 아니겠어? 우리 같은 민간기업들이야 억지로 강제할 수까지는 없겠지만 게 중에 상당수는 시간이 흘러가면 자연스럽게 따라오게도 되어 있어."

"물론 말씀하시는 대로 그렇게만 될 수 있다면……, 나흐만 주 전체 방송 시장의 판도가 단시일 내에 완벽하게 바뀌지는 않겠지만 우리 몫의 파이가 많이 커지는 것은 확실한 일이겠죠."

"게다가 우리 모기업의 매출이 저쪽보다 몇 년째 우위를 보이고 있는데도 고작 제휴사……, 아니 말이 좋아서 준 키스테이션급 대접이지, 사실 이거 좀 쪽팔리는 일 아니야? 다들 어떻게 생각해? 내 말이 맞잖아!"

돌이켜 보니 그가 새파란 신입 시절에도 지금과 별반 다르지 않았던 것 같았다. 애초에 스무 명이나 넘게 모였다가 종국에는 다섯이 안 되게 남은 보도국 직원들의 전체 회식 막바지인 3차 치고는 참으로 진지하고 심각한 이야기들이 오간 기억도 맞았다. 그리고 일견 성대한 말의 잔치로만 놓고 보자면 나온 이야기들도 다 맞았다. 지금 회사가 지향하고 있는 경영 전략과 정확히 일치하는 방향으로 좌중을 인도 내지 압도한 신임 보도국장의 취중에도 번뜩이는 수완 덕분이었으리라.

갓 해외 연수를 끝마치고 보도국장 자리에까지 오른 가히 육두품 출신의 현업 선배는 그간 느끼고 다짐한 바가 많은 모양이었다. 어찌 보면 일본에서는 전국적인 일간지인 굴지의 요미우리와 마이니치 신문에서 겸영하는 민간 상업방송이 지방을 거점으로 했기에 겪어야 하는 한계와 안쓰러움을 깨끗하게 떨쳐 버리지 못하고 귀국을 서둘렀는지도 모를 일이었다.

그들은 도쿄를 차지하고 있다는 이유 하나만으로 전국 단위 네트워크의 키스테이션이 되어 버린 본사의 대주주임에도 불구하고 어디까지나 계열사일 뿐이라는 것이었다. 준 키스테이션이라는 허울 좋은 지위도 일종의 사탕발림으로 본질적인 상하 관계에는 아무런 영향을 미치지 못한다는 것이 그의 냉정한 평가였다.

다들 보도국장의 오지랖에 반론을 제기하지 못하고서 숙연하였던 것은 그때 취기가 오를 대로 올라서만은 아니었다. 다 같이 토목건설을 주력 분야로 하는 모기업 산하의 계열 회사이지만 둥지를 틀게 된 도시가 다르다는 이유 하나만으로 방송사로서의 위상이나 대접이 너무도 다르다는 것을 절감하고 있었기에 그랬을 것이었다.

게다가 서로 경쟁 관계이기도 한 모기업은 비교적 최근에 번듯한 본사 사옥 하나를 루어스 메트로 중심가로 진출하여 나란히 세워두고 있었다. 그것도 오래되어서 상대적으로 왜소해 보이는 경쟁 기업의 건물과는 확연히 대조되는 웅장한 최신식, 최첨단의 스마트 빌딩으로 말이었다. 그가 몸을 담그고 있는 지역 독립 민영 방송사의 최대 주주이자 모기업이 이렇듯 도전적인 경영 자세를 취할 수 있을 만큼 비약적으로 성장한 결정적인 계기는 뭐니 뭐니 해도 행정 주도의 건설과 이전이었다.

원래 노에지드 시티를 기반으로 하고 있던 건설 회사가 주 정부의, 더 정확하게는 당시 주지사의 현지화 전략 방침에 따라 행정 주도 건설 전반을 담당하는 대표 시공사로 선정된 것이었다. 물론 그 과정에서 과도한 독점적 특혜라느니 검증되지 않은 수주 능력이니 하는 등등의 논란으로 떠들썩했지만, 사운을 걸고 모든 것을 다 쏟아부어서라도 반드시 성사시키겠다는 모기업 오너 일가의 적극적인 의지가 반영된 결과였다.

그런데 그 의지가 지나치게 강했는지 시공사로 선정이 되고 본격적으로 사업이 시행된 지 제법 세월이 흘러간 현재까지도 타고 남은 소나무의 옹이에서 끝까지 피어오르는 불씨처럼 논란이 잦아들지 않고 있는 것이 좀 골치가 아팠다. 권위 있는 감리 기관의 엄정하고 객관적인 평가에서도 행정 주도를 완성해 가는 토목 부문이건 건축 부문이건 문제 삼을 만한 뚜렷한 시공상의 하자가 발견되지 않고 있는데도 그랬다.

3선 연임에 실패한 후 얼마 지나지 않아 최근에 급서한 전임 주지사와의 사전 밀약설, 거액의 불법 정치 자금, 혹은 개인적인 뇌물 수수설, 주지사 선거 캠프 출신들의 모기업 특채설, 심지어는 편파적인 방송 보도 및 여론 조사 조작설까지! 그 외 향응과 접대설 말고도 무슨 설, 어떤 설, 아무 설 해서 공공연하게 각종 정보지나 개인적인 SNS상으로는 고구마 줄기처럼 끊임없이, 그리고 줄기차게 엮이어 들고 있었다.

"야! 다시 봐도 저 자식들 정말 너무 하네! 저렇게 확실한 근거나 증인도 없는 이야기를 슬쩍 흘리는 저의가 다 뭐야?"

"그래도 우리 방송의 로컬 뉴스 시간대라 이곳에서는 나가지 않았으니까 천만다행 아닙니까? 어휴! 겨우 두 꼭지만 앞이었어도……. 생각만 해도 끔찍합니다."

"너는 왜, 보도국 밥을 몇 년째 먹고 있는데 그걸 모르겠냐? 의도적으로 우리 채널만 빼고 다른 데로만 방송이 나가게 한 거잖아. 꼴에 배려인지 도발인지는 잘 모르겠지만 말이야!"

"아니, 그래도 아무리 주 단위의 상업방송이라지만 언론으로서의 정도가 있고, 같은 네트워크로서의 우의나 상도의 같은 것이 있는데 저렇게까지 하는 건 정말 너무 하는 것 아닙니까?"

"그만큼 쟤네들도 초조하다는 얘기겠지! 급기야는 역전된 모기업의 최근 실적도 그렇지만……, 주도 이전 문제도 한 치 앞을 내다볼 수 없을 정도로 유동적이라는 판단이 섰으니까 저런 식으로라도 미리 선제적으로 미끼를 던져 보는 것 아니겠어?"

"아니, 우리 쪽 반응을 떠본답시고 일부러 저러고 있다는 말씀이세요? 그러면 이제 우리 회사는 어떻게 해야 하는데요? 당장 오늘 저녁 똑같은 프라임 뉴스 시간에 반론 보도라도 날려야 하지 않을까요? 아 참! 보도국장님은 뭐라고 하세요? 마침 때가 때이고 자리가 자리인지라 화

많이 나셨죠?"

"우리 회사의 반응이 아니고 다른 지역 주민들의 반응이겠지? 우리야 주도의 완전한 이전을 목표로 팔을 걷어붙이고 나선 거나 다름없는데 뭘! 그리고 우리 방송의 전파도 제대로 닿지 않는 데를 향해서 무슨 반론 보도를 쏜다고 그러냐? 그리고 오너와 한 집안이나 다름없는 국장이야 뭐……!"

"뭐가 이렇게 시끄러워! 지금 어젯밤 건 때문이라면 당분간만이라도 일일이 구차하게 대응하지 말고 무시해 버려! 방송도 못 본 우리 지역 주민들한테는 괜히 긁어서 부스럼 만드는 격 아니야? 그리고 어디까지나 언제까지가 될지는 모르겠지만 아직은 저쪽이 키스테이션이잖아? 우리는 저쪽하고는 다르게 좀 더 크게 멀리 보기로 했어! 아니, 일사불란하게 추호도 흔들림 없이 그렇게 가는 거다! 다들 알겠지?"

그 많은 설들 가운데 반향이나 파장이 중간쯤은 갈 것 같은 하나를 루어스 메트로의 키스테이션에서 엊저녁 프라임 뉴스 시간에 노에지드 시티를 제외한 나흐만 주 전역에 비교적 짤막하게 내보낸 것이었다. 그가 루어스 메트로 지사로 발령받기 직전이었으니까 별로 오래도 아니었다. 그때 이 해프닝을 놓고 벌어진 보도국 내의 술렁거림을 잠재운 사람은 어김없이 보도국장이었다.

더 정확하게는 모기업의 책임 있는 경영진이 하달한 무대응 전략이었다. 저들의 의도에 말려들지 말고 확실하게 기선을 제압할 수 있는, 그러니까 행정이라는 거추장스러운 수식어를 떼어낸 주도의 완전한 이전에 올인하자는 방침이 재확인된 것이었다. 그리고 구체적으로는 몇 년

째 미적거리고 있는 주 의사당의 착공과 그에 따른 주의회의 전면 이전
으로 포화를 집중하기로 한 것이었으리라.

그런데 오늘은 아직 제대로 터지지도 않은 그 포탄의 파편, 혹은 유탄
이 그를 향하여 먼저 날아든 격이었다. 그것이 본사와 다소 껄끄러운 관
계에 놓여 있는 주의회 의장과의 인터뷰 일정 사전 세부 조율이었다. 주
의회를 장악하고 있는 우소브 당 소속의 의장은 이전에 찬성하지 않고
있었다. 말로는 뜻있는 열성 지지자들의 의사를 최대한 반영한 중앙당
의 지침을 충실하게 따라서 그러고 있다고는 하고 있는데, 실상은 적어
도 나흐만 주 안에서만은 자신이 최고 가는 절대 당원이고 당 대표 자체
였다.

현재, 우리의 민주주의 정치 체제에서는 절대로 포기할 수 없는 헌법
적 가치인 삼권 분립의 고수 및 확립!

이는 처음부터 행정 주도 건설과 이전을 추진하며 두 차례의 선거에
서 승리를 거두고 장기 집권 중인 옵니즈 당 출신의 주지사와 연속해서
첨예한 대립각을 세워온 일관된 논리였다. 다시 말해서, 어디까지나 애
초에 두 당이 원칙적으로 합의했던 바는 행정 주도였을 뿐이라는 것이
었다. 주지사를 위시한 행정부가 이미 이전을 완료했으면 이제는 끝이
라는 것이었다.

응당 주의회는, 아울러서 주 대법원은 그들과 구별되어 독립적으로
존재하여야 하는 엄연히 별개의 기관인데 덩달아서 이전할 필요가 없다
는 논리이기도 하였다. 오히려, 나흐만 주의 헌법 정신상 위헌이라는 것
이었다. 그리하여 한쪽에서 과도적으로 절충안처럼 제기되고 있는 주의
회 분원도 절대 불가하다고 소신을 굽히지 않고 있었다. 재차 의장의 굳

건한 소신은 상당수 루어스 메트로 주민들과 우소브 당원들의, 그러니까 주도 이전 반대론자들의 두툼한 지지를 받고 있었다.

그러나 그들 말고도 더 강력한 후원 세력은 경영계 일반이었다. 자신들의 오랜 삶의 터전을 굳이 떠나야 한다거나 기어이 사업적 기반을 옮겨 간다거나 하는 사실에 대한 심정적 거부와 본능적인 이해타산이 한데 어우러진 반발 심리였을 것이다. 그것을 적절히 이용하였든, 한 걸음 더 나아가 조장하였든 의장은 정치적 라이벌인 주지사와 맞서기 위한 최후의 보루로 유서 깊은, 그러나 나날이 퇴락해 가는 옹색한 의사당 건물을 끝끝내 부여잡고 있기로 작정한 듯하였다.

저는 지금 우리 나흐만 주의 대표적인 상업 중심지이자 핫 플레이스인 이곳 루어스 메트로의 다운 타운가에 나와 있는데요. 지나가는 시민 한 분을 모시고 몇 마디 나누어보도록 하겠습니다. 선생님! 안녕하십니까아? 어떻게 잠시만 저희와 인터뷰가 가능하실까요? 먼저 어디 사시는 누구이신가를 여쭈어보아도 결례가 안 될까요? 네! 감사합니다. 선생님께서는 이번에 나흐만 주의회가 전격적으로 행정 주도인 아두만 자치타운으로의 완전한 이전을 결정하였는데요. 거기에 대해서 어떤 생각을 갖고 계신지 궁금합니다. 잠시만요! 마이크는 잡지 마시고요……, 제가 들고 있겠습니다. 앞에 카메라를 향해서 천천히 침착하게 말씀해 주시겠습니까? 아! 예! 말씀 잘 들었습니다. 그리고 좋은 의견 감사했습니다. 방금 들으신 대로 시민들의 의견은 찬성과 반대가 첨예하면서도 극명하게 엇갈리는 가운데……, 어머! 언제 들어오셨습니까? 지사장님! 그래도 퇴근 시간 안에 들어오셨네요. 가셨던 일은 잘되셨나아……?

도대체 이런 개꿈 같은 경우는 다 뭔가? 크고 번듯한 주의회 건물과 더불어서 대법원 청사만 아두만 자치 타운 안으로 새로 지어 놓게 되면 이제는 만사형통이라는 건가? 나흐만 주의 공식적인 삶을 관장하는 행정·입법·사법의 트로이카만 한데 묶어 놓으면 궁극적으로 다라는 건가?

그보다 더 중요하다고 볼 수 있는 실물 분야에서 주의 살림을 이끌어 가고 있는 크고 작은 민간기업들은 도대체 어쩌겠다는 건가? 한없이 우습기도 그지없는 것이⋯⋯, 정작 우리 회사의 모기업이 본부를 루어스메트로 한복판으로 거의 옮겨 놓다시피 한 자신들의 최근 행위와는 분명 모순되는 짓거리를 이렇게까지 해야 한단 말인가?

마침 이번에 일을 주도한 보도국장이 바로 옆에 있으면 어디 한번 대들 듯이 따져 보고도 싶어지는군! 일본 말고도 외국의 방송국 시스템에 그렇게나 해박하다면, 비교적 신생인 폭스 채널 말고 미국의 대표적인 전국 단위 3대 민영 네트워크들이라는 ABC, CBS, NBC는 모두 최대 도시인 뉴욕이 아니라 명실상부 합법적인 수도인 워싱턴에 키스테이션을 두고 있단 말인가?

잘은 모르겠지만⋯⋯, 그렇다면 같은 땅덩어리 위의 캐나다는? 브라질은? 태평양 넓은 바다 아래의 호주와 뉴질랜드는? 그리고 저 멀리 남아프리카공화국은? 비록 그들처럼 연방이나 국가 단위는 아니지만 우리 나흐만 주도 여기에서 예외가 될 수는 없을 것 같았다.

"왜 말꼬리를 흐리지? 내가 또 무서운 표정을 지었나요? 사실 일이 생각대로는 잘 풀리지를 않아서 그럴 수도 있겠지만⋯⋯."

"아, 예! 괜찮습니다. 원래 무서우셔도, 지금만 무서운 표정이셔도 상관없습니다. 아까 나가시기 전에도 표정이 좀 굳어 있는 편이셔서 예상은 하고 있었습니다. 주의회하고 우리 방송하고는 관계가 원래 좀 그렇잖아요!"

"왜 그렇게 생각하고 있었어요? 그런데 언제부터 알고 있었어요? 아, 그런 시시껄렁한 것들은 됐고……. 자, 인제 그만 들어가 보세요! 오늘은 더 할 일이 남아 있지도 않을 것 같으니까."

지사장의 안색에서 앞일을 내다보았다면 생각했던 대로 방송국 눈치가 빠른 편이군. 게다가 원래부터 둘 사이의 관계가 그런 걸로 알고 있었다면 생각 외로 식견도 어느 정도는 갖추고 있는 셈인데……. 그래도 주의회 이전을 둘러싸고 난마처럼 얽히고설킨 이해득실 관계까지야 속속들이 파내어서 전부 들여다보지는 못했을 것 아닌가?

가령, 나 자신도 우리 방송이 만에 하나 키스테이션의 자리를 차지하게 되면 필연적으로 수반될 사세 확장의 어부지리 수혜자가 될 수도 있지는 않을까 해서 혼자만의 셈속을 묻어 두고는 있질 않은가? 더 구체적으로는 이를테면, 승진이라든가 승급이라든가 해외 파견이라든가 하는 것들이겠는데, 거기에는 지금, 평상시와는 다르게 의기소침 얌전하게 가벼운 묵례와 함께 육중하게 문을 닫고 떠나가는 애틋하고도 잠시 애잔한 모습의 저 아이와 관련되는 것도 있음을 숨길 수 없을 듯은 한데…….

언감생심 먹어서도 되질 않을 마음이지만 우리 인턴사원의 소탈한 꿈을 조금이나마 거들어주고도 싶었는데……. 하물며 계약직이면 어떻고 운이 조금 좋아서 정규직이면 어쩔 것인가? 일단 마이크를 붙잡게 하거나 카메라 앞에 세울 수만 있다면 나 같은 민완 기자든 아니면 인기 여성 아나운서든 그 뒤부터는 제가 알아서 할 몫이겠지만!

내가, 그리고 회사가 하염없이 계산 프로그램을 열고 키패드를 두들겨대고 있었던 만큼보다도 다들 더 많이 머리를 쓰고 치열하게 살아가고 있다는 뻔한 사실을 그만 깜빡했었을 뿐이야. 그래도 명색이 주의원만 4선인가 5선이라는 데 우리가 던진 부실한 미끼를 덥석 물려고 달려들 것이라고 마냥 안이했던 나도 나지만 일을 겨우 이따위로 꾸며 버린 그놈의 잔꾀쟁이 보도국장도 문제 아니야?

마치 모든 일이 다 성사된 것처럼 멀찍이서 업무 지시나, 그것도 직접 유무선도 아니고 문서상으로나 뿌려 놓으면 저절로 다 잘 될 것으로 생각했던 거야. 이제 보고를 올리면 또 기자로서 자질이 어쩌구 하면서 기껏 난리나 피우겠지? 어쩌면 뻔히 이렇게 될 수도 있다는 걸 다 알고 일부러 그랬는지도 모를 일이야.

그렇지! 아마도 확실할 거야. 일이 어그러지면 허울 좋은 루어스 메트로 지사장 자리에 앉혀 놓은 나에게 덤터기를 뒤집어씌우고 잘 성사가 되면 자기가 그 공을 독차지하려는 심보 아니고서는 달리 뭐가 있단 말인가? 그래, 바로 그거야! 그런 식으로 하나하나 실적을 쌓아서 조그마한 지방 방송국의 사장 자리에 일단 오른 연후에 당당히 키스테이션의 최고 경영자, 나아가서 모기업의 이사까지도 노려보려는 마음이겠지.

그런 식이라면 하긴 나라고 별수 있겠나? 힘겹게 무리를 해 가면서 더 넓고 더 높은 곳으로 옮겨가려고 발버둥질하기보다야 가만히 앉아 있다가 키스테이션의 앵커든 국장이든, 가다가 잘 풀려서 사장이든 물려받는 편이 더 현실적이질 않아?

저번 방송처럼, 노에지드 시티 타이어공장 화재 사고 현장에 나가 있는 아무개 기자를 불러서 자세한 상황을 알아보도록 하겠습니다. ……
또는, 아무개 기자! 아무리 힘이 들더라도 계속해서 현장을 지키고 있다가 본격적으로 태풍이 몰아닥치게 되면 다시 신속하게 전달해 주기 바랍니다. …… 그렇다면 역으로, 아! 지금 루어스 메트로 현지에서 여러 가지 문제가 발생하여 그곳 제휴 방송사의 취재 기자가 미처 준비가 되지 않은 모양입니다. …… 그리고, 아무개 기자! 어렵게 연결이 된 만큼 이번에는 침착하게 차근차근 또박또박 현재 상황을 일목요연하게 정리해서 전해 주시기 바랍니다. 제발! ……

아닌 게 아니라 루어스 메트로의 키스테이션 소속 기자들에게 그간 당해 왔던 까닭 모를 경원이나 공공연한 무시도 씻어주어야 할 테고……. 폭설이나 태풍 때마다 긴급 편성 재난방송이랍시고 엄연히 자기 회사 소속도 아닌 나를 밤새도록 불러대던 키스테이션의 경력도 말도 짧은 새파란 보조 앵커 녀석이 오늘 낮에도 보고도 못 본 척, 혹은 모른 척한 괘씸하기 그지없는 행태를 반대로 갚아 주어야 할 텐데.

이렇게 생각해 보니, 한편으론 오늘 일을 완전하게 망쳐버리지 않은 것이 그나마 다행이었다. 그가 국장의 지시 겸 발송 공문의 내용대로 의장 비서진과 조율, 확정하려던 일들은 일단은 여의치가 않았었다. 우선은 루어스 메트로의 이 유서 깊은 의사당 건물을 떠나서 일개 행정부서인 아두만 자치 타운으로 의장님이 친히 운신하시는 것은 삼권 분립의 상징적인 의미에서라도 절대 불가하다는 것이었다.

알기 쉽게 비유하자면, 당신들 같으면 지금 당장에 루어스 메트로의 키스테이션 스튜디오에서 자신들만의 로컬 뉴스를 노에지드 시티 권역으로 방송할 수 있겠느냐는 논리였다. 비록 퇴락하고 비좁아 보이기는 하지만 주의회 건물 안이든 밖이든, 그것도 의장실을 벗어나서 일개 지역의 민간 방송사가 임의로 가설한 세트에서의 인터뷰도 좀 곤란할 것 같다는, 솔직하게는 안 되겠다는 것이었다.

마땅히 나흐만 주 민의의 총대변자인 의장의 위엄과 권위가 살아 있는 곳은 본디 본회의장의 의장석이어야 하겠지만 지금은 회기 중이 아니니 당연히 의장실일 수밖에는 없다는 반박하기 어려운 주장이었다. 대신에, 당신네를 대리하는 이곳 키스테이션이 비단 오늘뿐만이 아니라 늘 그렇게 하는 것처럼 효율적인 라이팅 워크로 커버하면 꽤 괜찮은, 그것도 제법 고색창연하고 운치 있는 배경 화면을 딸 수 있으리라는 것이었다.

그는 이 대목에서 어쩔 도리 없이 노에지드 시티 구도심에 자리 잡은 지 오래인 자신의 방송국 본사를 갑자기 불이라도 켠 듯 머릿속으로 그려 보았다. 그것은 계열 건설 회사의 길쭉하니 네모진 7층 건물 가운데 맨 위에서부터 거의 절반 넘게 사용하면서도 약간의 여지도 없는 그런 곳이었다.

사실은 벅적대기가 이루 말할 수 없어 건물 루프톱에다가 처음에는 야외였다가 나중에 오픈으로 이름이 바뀌었다는 간이 스튜디오를 방송국 자체에서 무단히 설치해 놓기까지 하였다. 어쩌면 이곳과 본질적으로 다를 바 없는 그곳에서 잔뼈가 굵어서인지 국장은 의사당 내부의 분위기를 포함한 거의 모든 것을 꿰뚫는 듯할 수 있었으리라.

"독립? 이전? 신축? 야! 말도 안 되는 소리들 좀 작작 해라! 지금 이 시점에서 따로 새 사옥을 짓는다면 어디에다 지어야 할지는 생각해 봤어? 이곳 노에지드 시티 어디에 번듯한 새 건물과 그럴듯하게 어울리는 적당한 땅이 있다고 그래? 또 건물을 지으면 우리 방송국만 들어가냐? 매출이 탄탄해서 남들 보기에도 괜찮을 단일 업체에 빈 곳은 장기 임대라도 주어야 그 큰 건물이 썰렁해 보이지를 않을 거 아냐?"

"그러면, 어디 딴 데 좋은 곳이라도……? 그러지 말고요, 이참에 우리도 주 공영처럼 아예 행정 콤플렉스 근처에라도……."

"뭐? 아두만 자치 타운? 그 비싼 데를 왜 들어가? 하기는 일이 이렇게까지 될 줄 알았으면 진작에 널찍하니 터를 잡아두는 것도 나쁘지는 않았겠지? 하지만 이제는 아니야! 백번을 생각해 봐도 그럴 필요까지는 없다고 봐. 중단이니 통합이니……, 앞으로 일이 어떻게 될 줄 알고 리스크를 무릅써 가면서 우리까지 들어가려고 하겠냐? 네가 끝끝내 오너는 아니겠지만 그래도 너라면 그러겠느냐구? 말도 되지 않는 소리이긴 하지만, 그러느니 차라리 루어스 메트로를 통째로 먹는 편이 훨씬 낫겠다. 안 그래?"

"국장님! 근데요, 루어스 메트로에는 이미 멀쩡한 키스테이션도 있고 번듯한 우리 지사도 다 있는데요?"

"솔직히 루어스 메트로 지사가 이번에 독립해서 한 자리 찾아 들어간 얼마 전에 새로 지은 모기업의 건물이 번듯한 것이고……. 하기는 다 무너져가는 키스테이션에서 방구석 하나를 겨우 얻어서 어렵게 지내던 때가 바로 전이었으니까……!"

"하다못해 지사도 그런데……, 우리 본사는요?"

"야! 그러니까 내 말은 일단은 가만히 눈치나 보고 있다가……, 확실한 타이밍이 되면 그때 가서 분명하게 하면 된다는 거란 말이야! 특히 너, 내 말 잘 알아듣겠지?"

그런데 저 멀리 보도국장처럼 이리 재고 저리 재고 손바닥을 들여다보고 하는 능력은 이곳에서의 주의회 의장이 한 수 위라는 느낌을 잠시 받을 수 있었다. 굳이 의장과 직접 대면해서 나눌 이야기들도 아니었고, 겨우 지사장 주제에 감히 사전 인터뷰니 뭐니 하는 것을 시도해 볼 처지도 상황도 모두 아니었는데도 그랬었다. 그렇다면 의장 측의 확고한 입장을 노에지드 시티 윗선에 알리고 다시 찾아뵙든 연락을 드리든 하겠다고 우선은 일단락을 짓고 부속실을 빠져나오려 할 때였다.

"이게 누구신가? 오늘은 루어스 메트로 민방에서 두 번씩이나 찾아오신 건가? 그런데 또 무슨 일로?"

"아, 예! 의장님! 저는 키스테이션이 아니고 노에지드 시티에 있는 지역 민방에서 나온 주재 기잡니다. 이번 의장님과의 독점 인터뷰 건과 관련해서 보좌관들과 사전에 협의할 것이 있어서 이렇게 찾아뵙게 되었습니다."

"그렇구만요! 얘기가 물론 잘 되었겠지만 저는 의장으로서, 아니 우리 나흐만 주의회는 매우 유연한 자세를 견지해 오고 있었습니다. 의사당 건물의 신축 및 전면적 이전은 아직은 시기상조라는 여론이 많아서 좀 그렇지만 상임위를 비롯한 분원 설치 가능성까지 포함해서 말입니다. 물론 주민들의 하나로 결집된 역량과 의견이 최우선적으로 반영이 되어야 한다는 원칙은 절대로 흔들림 없이 지켜져야 하겠지만 말입니다."

"아! 그러셨던가요? 의장님의 고견은 저희가 방송을 준비하는데 아주 좋은 참고 자료가 될 것 같습니다. 역시 노에지드 시티에 있는 본사에 알려서 잘 준비하도록 하겠습니다."

"그래요? 우리 젊으신 양반이 직접 하시는 게 아니고? 이왕에 얘기가 나온 김에 작게는 그쪽 지역의 통합 논의와 크게는 나흐쿠브 주와의 교류 강화에 관한 나 나름대로의 깊은 고민이 있으니 그것들도 자세하게 피력할 좋은 기회가 될 것 같다고 미리 귀띔해 두세요!"

어차피 무리한 희망 사항이었던 인터뷰의 여러 조건이야 노에지드 시티의 보도국장에게는 성에 차지 않을 테니까 그나마 생각 외로 전향적이었던 의장의 태도로 상쇄해야겠다고 그는 마음을 다잡았다. 역시 기자라면 형식보다는 사안의 본질을 놓치지 말아야 할 것이었다.

따라서 신속하게 문건을 작성하여 보고를 올리는 것도 필요하겠지만 국장이 먼저 다그치며 물어 오기 전에 전화라도 넣어야겠다……, 라며 서두르려 하고 있는데 성미만큼이나 운신도 재빠른 국장이 이번에도 선수를 쳤다. 그것도 세상이 무너지기라도 할 듯이 호들갑을 떨면서였는데 통화가 계속될수록 그것마저도 진심인지가 사뭇 의심스러워 그는 점차 청력에 자신을 잃어 가고 있었다.

…… 야! 너는 매일같이 주의회 건물에 출근하다시피 한다는 놈이 어째서 눈치는커녕 낌새도 채지 못했냐? 지금 전체 주 안으로 나가는 키스테이션의 뉴스를 보고 있기는 한 거냐? 나흐만 주 주의회 의장, 전격 인터뷰……, 절대로 주의회의 전면적 이전은 불가……, 나흐만 주 전체 주민의 통일된 의사가 특정 지역의 일부 여론에 흐려져서는 안 돼……, 주

의회 분원 설치마저도 현행법상으로는 현실적인 난관과 제약 사항이 산 넘어 또 산……. 야! 이런 판국에 다 늦게 그깟 인터뷰를 한다 한들 뭘 또 물어볼 게 있을 것 같냐? 뒷북이나 치는 꼴이지! 일단 다 접어! 취소 하라구! 아냐, 꼼짝 말고 대기하고 있어! 수뇌부 회의 결과에 따라서 ……

이제 남으로 남으로

"과연 그게 가능하겠습니까?"

"왜 다들 지방 분권, 지방 분권, 하지 않습니까? 이참에 우리도……."

"대의적인 명분으로야 논란의 여지가 없는 일이기는 하지만 결과적으로, 그리고 현실적으로 유권자의 절반 이상이 등을 돌릴지도 모르는 어마어마한 패착이 될 수도 있는 일입니다."

"일단 진영 내부의 시안 차원에서라도 방침이 서게 되면 그때 세부적인 사안들을 검토하고 조율하더라도……, 한번 생각은 해 볼 수 있는 문제라는 판단에서 거론하게 된 것입니다."

"사실 뭐 별로 새로울 것도 없는 공약이기는 합니다만, 예전부터 당을 가리지 않고 선거철만 되면 슬그머니 나왔다가 또 슬며시 사라지기 일쑤여서 이번에도 그렇게 되고 말면은 곤란합니다."

"그러니까, 아예 시행 안 하느니만 못하다?"

"아, 그런 얘기까지는 아니고!"

이제야 드디어 거꾸로 시위를 떠나게 될 모양이로군!

난상토론이라고 일컬어도 좋을 참모들의 대화를 가만히 지켜보며 젊은 후보자는 다소 엉뚱한 상상을 하고 있었다. 그것은 순전히 지금 거론되고 있는 어느 유력한 후보지의 독특한 지형 탓이었다. 소위 북고남저의 길쭉한 형국으로 거의 모든 강이나 하천이 아래쪽을 향하여 길게 흘러서 내려가는 나흐 주들에서 유독 그 강 하나만이 예외적이었기 때문이었다. 아니, 종국에는 남하하는 대세를 따르기는 하는데, 그 지역에서만 잠시 북으로 거슬러 오르는 크리스 강의 흐름이 이 시점에서 한껏 인상적이었기에 그러하였다.

전통적으로 이 주의 중심 세력이 터전을 잡고 있었던 북쪽 지방을 향하여 활시위를 겨누고 있는 듯한 모습에 대한 논란 역시 뿌리 깊은 것이었다. 역모의 상징이라든지, 반골의 기세라든지 하는 풍수적 해석이 덧붙여지면서 강의 더 남쪽 지방 사람들마저 오랜 세월 대대로 겪어야 했던 차별과 멸시는 어찌 생각하면 참으로 어처구니가 없는 것이기도 하였다. 한편으로는 그래서 북으로 솟구치는 강의 세찬 역류가 그 모멸과 억울을 이겨내는 정신적 원동력으로 작용하게도 되었던 셈이었는데 유구한 시간이 흘러가면서 선후라든가 인과 관계가 아리송한 지경에까지 이르렀다.

젊은 후보자는 바로 그 대표적인 먼 동남쪽 지역 출신의 비주류 소속 정치인이었다.

"화살은 충분하게 준비가 되겠습니까? 대충 한두 번 쏘아 날리는 걸로는 성이 차질 않을 텐데요."

"난데없이 화살이라니요? 후보님! 혹시 선거 자금 말씀이라면 잘 아시다시피 그닥 넉넉한 편이 아니라서……."

"아니, 그 궁벽한 곳으로 주도를 옮기자고 하려면 여러 가지로 준비할 것이 많지 않겠느냐는 말씀 아닙니까?"

"그러니까, 폭넓게 주민들을 설득할 논리 발굴은 물론 현실적인 유인책까지……, 고려해야 할 것들이 산적해 있다는 얘기지요?"

"그런데, 중앙의 기득권적인 시각에서 볼 때만 외진 곳이지 사실 우리 나흐만 주로만 치면 궁벽하지도 않은 곳입니다."

"그렇지요! 오히려 그곳이 지리적으로는 우리 주의 정중앙이라고 보아야 할 겁니다. 게다가 예로부터 물산이 풍부하여 먹고 사는 데에는 별 어려움이 없었던 곳입니다."

결과적으로 승부수일 수도 있는 주도 이전 문제를 자신보다 더 젊은 참모들의 토론 거리로 던져두고 젊은 후보자는 어디 한번 처절하게 부서지더라도 철저하게 부딪쳐 보리라던 애초의 결심을 상기하고 있었다. 비록 실패하더라도 현실 정치의 근본부터 싹 뜯어고칠 수 있는 지렛대 역할이라도 할 수 있다면 이번 선거를 마지막으로 정계를 완전히 떠날 각오였다.

일찌감치 삼십 대부터 현실 정치에 몸을 담은 그는 사실 나이에 비해서 선거에서는 실패가 너무 많았다. 현재로서는 선출직으로는 의원 경력도 시장 경력도 전무한 상태였다. 그것도 아슬아슬했다거나 아쉽다거나, 그리고 안타깝다거나 하는 실질적으로 아무런 효력이 없는 수식어들을 왕관처럼 뒤집어쓴 채였다. 선거철만 되면 툭툭 삐져나오는 공허한 주도 이전론을 자신이 실현 가능하게 본격적으로 정립하여 핵심 공약으로 제시하는 것이야말로 가장 훌륭한 전략일 수는 있었다.

그러나 내가 이루지 못한다면 저 친구들 세대에서라도 될 수 있도록……! 그것이 이번 선거에서의 승리보다 더 소중한 자신의 사명이라는 신념이 그를 버티게 하였고 결국에는 이곳에까지 다다르게 만든 것이었다. 반전에 역전의 기적 같은 경선 과정을 거치면서 그는 제3 당의 주지사 후보자로서 집권당 소속 현 주지사의 재선과 또 다른 거대 정당 후보의 소위 징검다리 재선을 동시에 위협하는 가장 유력한 대항마로 세를 키우고 있었다. 그리하여 여와 야를 막론하고 기득권 세력과 대척되는 지점에서 주도 이전 문제를 새롭게 공론화하기로 작정하였던 것이었다.

"후보님은 오늘도 짜장면을 곱빼기로 하시겠지요?"

"뭐, 그럽시다. 요즘 따라 왜 이리 허기가 지는지!"

"이제 강행군이 시작되면 더하실 텐데 이렇게 매일 밀가루 음식만 드셔서 어디 되시겠습니까? 따로 제대로 된 식사를 챙겨 드셔야……."

"아니, 괜찮습니다. 이걸로도 충분합니다. 강행군이든 작전 회의든 이것저것 가리고 따져 가며 먹고 자시고 할 게 있겠습니까? 속만 허하지 않게 속이면 여러분 때문에라도 마음마저 든든해지는걸요. 나는 오히려 여러분들이 더 걱정입니다. 미안한 말로 아직 한창들 드실 연세 아니십니까? 허허허!"

"한창? 연세? 하하하하!"

"자, 자, 드십시다."

"맛있게 잘 먹겠습니다."

그가 어린 날 비로소 대망의 루어스 메트로로 올라와서 처음으로 봤던 것이 짜장면이었다. 정확하게는 그 음식을 게걸스럽게 먹어대는 철도 역사 앞 단출한 거지 일가의 모습이었다. 파먹은 듯한 머리로 산발을 한, 나이를 쉽사리 가늠할 수 없는 여자였다. 그리고 그녀의 품에 안겨 있는 어린아이였다. 어떻게 주문에 성공하였는지 텅 빈 동냥 통 앞으로 배달되어 온 비교적 양이 넉넉해 보이는 짜장면을 모자인지 모녀인지는 함께 먹고 있었다. 어머니는 사전에 서로 마주 비벼서 다듬은 나무젓가락을 이용해서, 아이는 때 묻은 작은 손가락을 앙증맞게 바삐 놀리면서 그들만의 성찬을 즐기고 있었던 것이었다.

무슨 구경이라도 난 것처럼 반원형으로 둘러서서 그 모습을 무감하게 지켜보는 사람들 틈에서 소년은 갑자기 허기를 느끼기 시작하였다. 열차 안에서 사과니 달걀이니 사이다니 하는 것들을 잔뜩 얻어먹은 지 얼마 지나지 않은 시점이었는데도 그랬었다. 그 허기가 어느 정도였느냐 하면 초행에다가 초면임에도 체면 불고하고 그들의 식사에 합류하고픈 욕구를 제어하기 어려울 지경이었다. 그를 잡아끄는 어떤 우악스러운 손길이 없었더라면 정말 그랬을지도 모를 일이었다고 소년은 그 순간을 자주 회상해 버릇하였다.

자신은 알 수도 없는 목적지를 향하여 이끌려 걸어가면서 마주치던 루어스 메트로 사람들의 첫인상이 너무도 서늘해 보인다고 느낀 것은 아마도 거지 일가, 아니 짜장면 탓이었으리라. 그것은 도시의 민낯이라는 상투적인 표현으로는 다 가려지지 않을 관음증적인 속살이거나 음식물로 대체된 포르노그래피 같은 것이었는지도 몰랐다. 다만 나이 어린 촌뜨기에 불과한 소년이 적확한 용어를 동원해서 꿰뚫어 보기에는 아직 낯선 풍경이었을 따름이었다. 계속해서 입맛을 다실 수밖에 없었던 것 역시 철부지였기 때문이었겠지만.

웬만큼 더 커서 그 기억을 떠올려 보니 그것은 육신의 허기라기보다
는 영혼의 궁핍에 더 가까웠다는 판단이었다. 그 궁핍의 의미는 참으로
다기해서 낯섦, 거부감, 연민, 가증스러움, 분노, 불결함, 공포심, 부조
리, 불가해……, 그 어떤 말을 덧붙여도 다 통용될 수 있을 듯싶었다. 분
명 비참한 삶의 구렁텅이임에도 불구하고 소년이 입맛을 다실 만도 하
게 누구나 맛있게 짜장면을 먹고 있는, 혹은 먹을 수 있는 루어스 메트
로라는 도회지가 시골 출신의 어린 소년에게는 너무 번화하면서도 으슥
한 곳이었다.

그때 소년은 세상은 그렇게 복잡해서는 참으로 살아가기에 곤란하겠
다는 생각이었다. 그것은 현실적으로 꾀죄죄한 거지 일가 같은 사람들
로 넘쳐나는 도회지의 길거리여서도 안 되겠지만, 겨우 짜장면 한 그릇
에 눈치 없이 군침을 흘리는 자신과 같은 사람들이 많아서도 안 되겠다
는 결론으로 단순화해 갔다. 그러기 위해 소년은 그야말로 온갖 어려움
을 딛고 참으로 열심히 정진하여야만 하였다. 그러면서도 그것이 마음
먹기에 따라서는 그리 어려울 것도 없는 일일 거라는 신념으로도 굳어
져 왔다.

'쉽게 생각하자!'든가, '보기에 따라서는 간단한 일일 수도 있어!', 혹
은, '복잡하고 어려운 것은 딱 질색입니다!', '분명하게 말씀드리겠습니
다!'가 그를 표나게 규정하는 말버릇이 되었다. 그리고 자신의 말과 생각
에 충실한 행동이나 실천이 그를 특화할 수 있는 음양의 자산으로 쌓여
갔다. 권모와 술수가 횡행한다는 정치판에서 그의 직선적인 행보는 우

선적으로는 실패를 초래하기가 일쑤였다. 그러나 차곡차곡 겹이 져가는 그 좌절의 두께가 전혀 의미가 없는 것은 또 아니어서 그의 실패와 좌절의 가치를 인정하는, 나아가 그런 그 자신을 신봉하는 무리도 늘어나기에 이른 것이었다.

"언제 먹어도 참 공평하게 맛있는 음식입니다. 다들 안 그렇습니까?"

"……?"

"결국에는 우리가 하려는 일도 이거와 하나도 다를 바 없는 것이기도 한데요……."

"물론 마땅히 그래야 하겠습니다. 그러나 그게 후보님 말씀처럼, 아니 우리들 뜻대로만 되질 않으니 매일같이 모여서 머리에 이마를 맞대고 이러고 있는 것이 아니겠습니까?"

"골고루 나누어 먹기도 쉽질 않고, 또 느끼는 맛도 제각각일 수도 있으니 그게 어렵다는 말씀이지요?"

"예, 바로 주도 이전 문제만 해도 다들 생각이 다를 거란 말입니다. 자신이 처해 있는 입장이나 지역에 따라서요. 심지어는 성별이나 연령별 견해 차이도 감안해야 할지도 모를 일입니다."

"느끼는 맛은 제각각이겠지만 똑같이 음식을 나누어서 괜히 입안에 헛되이 군침이나 고이는 사람들이 없게 만들면 되는 일 아니겠습니까? 우리들이 현실적으로 할 수 있는 것이……. 그리고 그것도 단순하기는 하지만 결코 쉬운 일은 아닐 거란 말입니다."

그 음식을 나누는 과정에서 생각도 못 한 소란과 다툼이 일어나서 그릇을 뒤엎거나 깨버려 정작 굶주린 사람들에게는 아무런 소용도 닿지 않는 공연한 소동이 되고 말지도 모르겠지만요…….

자신의 응답 끝에 덧붙여서 불쑥 내뱉고 싶었던 충동을 가까스로 억누르면서 젊은 주지사 후보자가 같은 말을 되풀이한 것은, 사실 그릇을 받아들기 전에는 아우성들이겠지만 막상 차려내 놓고 나면 입도 대지 않는 사람들이 부지기수일 거라는 모두를 맥빠지게 하는 말조차 피하고자 함이었다. 그리고 그것은 그가 스스로 싸워가며 여기에까지 이르게 한 자기 안의 허무나 어두움이기도 하였다. 그는 몇 번이고 현실이 참으로 포기하고 싶을 정도로 저열한 것임을 느끼며 자라올 수밖에는 없었다. 하여 언젠가는 그 허무에 굴복하는 순간이 찾아올지도 모르겠다는 묵직한 예감을 애써 선이 굵은 듯한 행동과 명쾌한 언어로 가려버릇하였던 것이었다.

"자, 다들 드셨으면 서둘러 오후 일정을 준비합시다. 새로 준비할 시간이 빠듯할 겁니다. 예비 후보들과의 토론이 연방 채널에서든가요? 지역 민방에서든가요?"

"느닷없이 불쑥 나온 천도라는 게 우리 후보님 말씀처럼 그렇게 쉬운 문제도 아닌 데다가……."

"지금이 무슨 왕조 시대도 아니고 천도가 무슨 말입니까? 마땅히 주도 이전입니다. 주도 이전!"

진영을 가리지 않고 주 내의 양대 정치 세력을 대표하는 전, 현 지사는 단적으로 경륜이 풍부하였다. 그것을 달리 노회하다고 표현할 수도 있겠지만 그들이 가지고 있는 막강한 힘이나 안정적인 분위기는 절대 무시하거나 만만히 볼 것이 아니었다. 여러 차례의 예비 토론에서 자연스럽게 그러한 면모들이 우러나오게 만드는 느긋한 관록까지 젊은 주지사 후보자와는 확연히 차별되는 지점들이 많았다. 소위 민생과 관련되는 세세한 현안에서의 대조적인 해법 제시에 대항하여 제3 세력을 자처하는 젊은 후보자는 자신만의 색깔을 찾고 그것을 드러내는 데에 골몰할 도리밖에는 없었다. 그래서 그는 더 큰 것을 걸어야만 하였던 것이었다.

"아무튼, 정치적으로 민감한 이 시점에서 새삼스럽게 우리 주민의 열망이었던 주도 이전 문제를 거론하는 것은 다소 적절해 보이지는 않습니다. 물론 우리 옵니즈 당의 입장이 원칙적으로 찬성이 아니었던 적이 없었지만, 그것이 꼭 지금이어야만 할까요?"

"나흐쿠브 주와의 통합 논의가 연방 전체 차원에서 태풍급의 일대 변혁을 가져올 중대 사안이라면 해묵은 주도 이전은 우리 주 안에서의 돌풍일 뿐입니다. 제 말씀은, 그러니까 우소브 당의 입장은 사안의 경중, 일의 순서를 따져 가며 결정할 문제로 이렇게 급작스럽게 꺼내어들 일이 아니라는 겁니다. 우리 후보님이 애시당초 첫 토론회에서부터 이 문제를 거론한 것도 아닌 마당에……."

젊은 주지사 후보자가 의도적으로 노렸던 대목이 바로 이것이었다. 정치적 성향을 표나게 달리한다고는 하여도 그들은 결과적으로 기득권 세력이었다. 말하자면, 현상 안에서의 자잘한 변이만을 수용할 수 있을 정도로 자신들의 입지가 뿌리 깊어 요지부동이었던 셈이다. 한 세대 가까이에 걸쳐 번갈아 정권을 주고받고 하는 모습을 보여주고는 있지만, 그것은 야구 경기처럼 가벼운 공수 교대의 의미밖에는 없다는 것이 그의 냉철한 판단이었다. 공허한 통합론과 이전론이 그 시간만큼이나 되풀이되어 온 것이 그 증거였다.

그 헛된 논의를 자세히 들여다보면 어느 때는 나흐 주들의 통합을 주장하던 쪽에서 어떨 때는 돌연 주도 이전을 내세우기도 하였고, 또 그 반대의 경우도 드물지가 않았었다. 지금 두 후보자의 반응도 필연적이라기보다는 우연히 순서대로 골라잡은 것에 지나지 않았다. 까닭에 젊은 후보자는 두 사람을 상대로 한 버거운 싸움이 아니라 어설프고 헐거운 연계 고리 하나만을 공박하면 되는 유리한 위치에 자신이 서 있다고 여기게 되었다. 물론 현실적으로 자신에게 표를 던져줄 유권자가 얼마가 늘고 또 얼마가 줄지는 추후 결과를 지켜봐야 하는 일종의 모험이기는 하겠지만.

"두 분 후보님께서는 정말로 우리 나흐 주들이 단시일 내에 통합에 다다를 수 있으리라고 믿고 계시는 겁니까? 그간 경색과 완화를 반복해 온 두 주의 관계는 분명 상대적인 것입니다. 우리 만 주가 아무리 통합의 열의를 불태운다고 하여도 쿠브 주의 냉랭한 반응 앞에서는 속절없이 식어버릴 수밖에 없는 것이 엄연한 현실입니다. 냉정하게 말해서 우리 나흐만 주가 이 통합 문제에서 혼자서 할 수 있는 것이 거의 없다는 비관론이 저의 솔직한 의견입니다."

"전혀 뜻밖인데요. 우리 소장파 신진 정치 세력을 대표하는 후보님께서 그런 패배주의적인 발상으로 주지사라는 중책을 맡겠다고 이번 선거에 나오셨다는 것이……."

"통합이라고 해 보았자 나흐만 주에게 도움이 될 것이 무엇이냐는 천박한 이해타산이 우리 안에 있는 가장 큰 방해 세력이라는 생각은 안 해 보셨습니까? 그래서 중앙의 권력자들에 의해서 역사적으로 한 덩어리였던 우리가 임의로 분할된 모순을 극복하기 위해서는 가장 시급하게 척결하여야 하는 암적인 존재라는 점은 또 어떻구요?"

그 암적이라는 존재에게는 당신 같은 주장을 펼치는 세력이 나흐만 주의 독자적인 발전을 가로막고 있는 또 다른 암세포로 여겨질 수도 있다는 지극히 평범하고 상대적인 사실을 왜 놓치고 있느냐고 되묻고 싶었다. 그런 식이라면 우리 주 안에는 온통 암적인 존재들이거나 아예 암세포들만이 득시글거리고 있으니 곧 죽음에 이르게 될 것이라고 쏘아붙일 수도 있었다. 그러나 아무리 같은 후보자의 자격이지만 엄연히 연장자이고 정치적으로도 한참이나 선배가 아니던가? 그는 점잖이 예의를 차려야 했다.

"통합이라는 대의명분만을 바라보시다가 미우나 고우나 같이 부대끼고 살아가야 할 주민들의 거의 절반을 적대 세력으로 돌려버리시는 우를 범하고 계십니다. 어떻게 같은 나흐만 주민보다 나흐쿠브 주 사람들이 더 친근하고 밀접할 수 있겠습니까? 그것은 과잉된 의욕이 만들어낸 실체 없는 관념에 불과합니다. 예를 들어, 우리가 어릴 때 가족에게는 소홀히 하면서도 주변 사람들에게는 지나치게 친절하고 헌신적이었던 어른들을 종종 보지 않았었잖습니까? 종국에는 아무 쓸모도 없는 것이었는데……"

지금 머릿속으로는 효과적인 반론을 생각하면서 동시에 젊은 후보자를 무섭게 응시하는 상대방들의 눈초리에 그만 주눅이 들어서 말을 잇지 못한 것은 아니었다. 어떻게 하다 보니 남들은 전혀 알지도 못하는 자신의 개인사 비슷한 이야기까지 꺼내어 듣게 되었다는 자괴감에서 순간적으로 멈칫했을 뿐이었다. 그러나 그것이 젊은 후보자를 지금과 같이 심히 현실적으로 사고하고 직선적으로 행동하도록 만든 커다란 요인이었다는 것은 스스로 부인할 길 없는 사실이라는 점 역시 잘 인식하고 있었다.

"이제 네가 루어스 메트로에 올라가서 아저씨 댁에서 지내게 되면 그때부터는 아저씨가 네 부모고 너는 그 아저씨의 아들이나 진배없는 거다. 그러니 아저씨만 믿고 아저씨 말씀을 잘 들어야 하는 거야! 내 말 잘 알아듣겠지?"

"거, 쓸데없는 소리 그만하고……. 어서 서둘러라! 이러다가 어렵게 잡은 약속 어길라! 차 시간에 늦겠다니까 그러네."

소년을 루어스 메트로로 혼자 내보내는 것에 극구 반대하던 어머니가 오히려 신신당부였다. 정작 일도 배우고 학교도 다닐 수 있는 좋은 자리가 났다고 적극적으로 나서던 아버지는 십 대 초반의 어린 나이에 객지 출가를 목전에 둔 아들에게 채근질 말고는 따로 말이 없었다. 그나저나 아저씨라는데 진짜로 먼 친척으로 아버지와 같은 항렬의 집안 어른인지 아니면 그냥 편의한 호칭일 뿐인지도 가늠이 되질 않았다.

소년은 어차피 장차 몰락을 거듭할 꾀죄죄한 벽지에다가 소읍의 자기 집보다는 보호자가 누가 되었든 대처에서 기회가 더 많을 것이라는 스스로의 판단에 몸과 마음을 맡겨 보기로 다짐에 다짐을 거듭한 뒤였다. 그러니 어린 마음에도 자신의 거취를 둘러싼 내막이야 어떻든 별문제 될 바가 없을 것이라는 심산이었다. 다만 한가지 절대로 잊지 말아야 할 것만 잊지 않고 약속대로 실천에 옮기면 되는 것이었다.

"가서는 진짜 공부도 열심히 할게요!"

"……?"

"……!"

소년이 마지막으로 고향의 양친에게 남긴 인사말은 자의에서건 타의에서건 그 후로 객지에서도 유효했다. 낮에는 혼자서 자영하는 변두리 철공소에서 허드렛일을 거들다가도 정해진 시간이 되면 아저씨의 명을 따라 하루도 빠짐없이 다리 건너편의 야간 고등공민학교에 출석하여야만 되었기 때문이었다. 아저씨가 자기 자식들과 똑같이 먹여주고 재워주고 입혀주고, 게다가 어쭙잖은 기술이나마 가르쳐 주는 대신으로 간간이 쥐여주는 용돈 말고 정해진 급료는 따로 없었다. 아저씨는 그 급료 대신으로 배울 기회를 베풀어 주고 있다고 치부하고 있는 성싶기도 하였다.

소년은 점차로 아저씨가 어머니처럼 편안하고 포근하지는 않았지만, 전혀 믿음이 가질 않았던 아버지보다 못할 것도 없는 사람이라고 생각하게 되었다. 왜냐하면, 그는 문건이건 구두건 간에 일단 약속한 것은 반드시 최선을 다해 지키려고 노력하는 사람이라는 것을 알아가게 되었기 때문이었다. 앞으로 혼자서도 먹고 살아갈 수 있도록 일을 가르쳐 주고 배울 기회를 보장하는 것이야말로 소년에게는 가장 합리적인 계약 이행이었다.

더욱이 딱 거기까지인 것이 소년은 몹시 마음에 흡족하였다. 시간이 가면서 웬만큼 정도 들고 서로 이물이 없어질 사이가 되었건만 아저씨는 으레 범하기 쉬운 공치사를 부리질 않았다. 가령, 너는 내 아들이나 다름이 없다고 생각했다거나, 지금 네가 내 자식 같아서 이렇게 하는 거라거나, 그뿐만 아니라 심지어는 부모도 그렇게 하기 어려울 것이라는 주변 사람들의 인사치레에 그것을 시인하는 대꾸나 반응을 일절 보이지를 않는 것이었다.

"제가 하고 싶으니까 그렇게 된 것이지! 나는 맨 처음 약속대로 실컷 일 부려 먹으면서 기술 약간 가르쳐 주고 공부 조금 시킨 것이 전부야! 쟤 아버지하고 그렇게 약속을 했었으니까. 그런 면에서는 쟤도 무던히도 약속을 잘 지켜준 셈이기도 하고"…….."

소년이 중학교 졸업 자격 검정고시를 치고, 용접 관련 기술 자격증을 차례로 따고, 학비가 전액 국고에서 지원되는 공립 기계공업고등학교에 진학을 하고, 또 굴지의 세계적인 조선소로 취직이 되어 자신을 멀리 떠나게 되었어도 그 모든 것은 온전히 소년만의 몫이었다. 소년이 일찍이 떠나온 고향과는 정반대 쪽 갈림길에 있는 남녘의 새 일자리로 다시 내려가기 바로 전날에도 아저씨는 단지 자신이 가르쳐 준 기술이 한 치의 어긋남도 없이 더 큰 세상에서도 써먹을 데가 있어야 한다는 생각뿐인 것 같았다.

"기술은 네가 이미 나보다 나은 건 분명한데……, 그곳에 가면 나보다, 아니 너보다도 훨씬 일을 잘하는 사람들이 많을 거다. 괜한 고집 부리지 말고 배울 것은 확실하게 배워둬라! 그게 너한테도 나쁠 것은 없을 테니까!"

"가서는 진짜 세상 공부도 열심히 하겠습니다. 사장님!"

이제는 소년이 아닌 청년이 거센 바닷바람을 맞아가며 확실하게 배운 것은 몇십만 톤씩이나 하는 초대형 유조선 같은 것을 예사로 밥을 짓듯, 집을 짓듯 하는 기술, 구체적으로는 물이든 기름이든 샐 틈 없이 완벽하게 용접하는 재주뿐만이 아니었다. 오히려 청년은 거기에서 사람들이 서로 첨예하게 맞부딪치며 갈라서는 세상을, 그리고 그것을 어떻게든 다시 맞붙이는 방법도 알아가게 되었다.

다만, 원칙적이고 합리적인 방식이야말로 여느 봉합보다도 가장 결속력이 강함도 터득하면서 말이었다. 그것은 아저씨의 나름대로 철저한 계약 준수 자세와도 상통하는 성질의 것이기도 하였다. 청년의 새로운 기술은 당장 조선소의 배 위에서보다 더 넓은 조직에서 필요로 하는 것이었다. 고향에서의 방위병 생활을 포함하여 루어스 메트로를 떠난 지 십 년도 안 되어 청년은 어떤 조직의 핵심 요원 자격으로 귀향과도 같은 귀환을 하기에 이르렀다.

이후 강성이거나 극단이거나 한 조직의 일반적인 분위기 속에서 청년의 아저씨를 빼닮은 듯한 태도는 도드라지는 점이 없지 않았다. 한번 맺은 협약은 구성원 내부에서의 불협화음이 들릴지언정 대외적으로는 반드시 지켜져야만 하는 것으로 밀고 나갔다. 그러기 위하여 청년은 내부의 반대편을 설득하는 신실한 노력을 기울이는 지난한 수고를 마다하지 않았다. 사실은 그러는 게 용접만큼이나 재미가 있었으니 힘들 것도 없었다.

"이 밤이 얼마든지 새도 좋으니 우리 허심탄회하게 서로 충분히 듣고 충분히 이야기해 봅시다."

"친애하는 동지께서는 만약에 저편에 서 있다면 우리의 이런 주장을 받아들일 수 있으시겠습니까? 적어도 그들을 타도의 대상이 아니라 협상의 카운터파트로 인정하신다면 말이죠? 그 점은 저들에게도 마찬가지 아닙니까?"

그것들이 하나하나 차곡차곡 그대로 힘과 자산이 되어 젊은 나이에 조합 연맹의 위원장을 역임할 수 있었던 청년은 어느새 또 다른 정치 조직의 지구당 위원장, 주 지부 위원장, 그리고 종국에는 주지사 후보자의 지위에까지 오르게 되었다. 그런 그가 토론에서 예기치 못했던 주도 이전이라는 결정적 카드를 꺼내어 든 것은 어찌 보면 예외적인 것으로도, 아니면 당연한 것으로도 받아들여질 수 있었다.

"지금 우리 양당이 탁상공론에 불과한 나호쿠브 주와의 통합만을 앞세우다 보니까 주도 이전 문제 같은 것은 소홀히 하고 있거나 반대를 일삼고 있다는 우리 후보님의 전제는 논리적으로나 실질적으로나 크나큰 오류가 아닐 수 없습니다. 두 사안이 워낙 민감하게 맞물려 있다가 보니까 그만큼 저희가 책임 정당으로서 고민이 많아 일견 좌고우면하는 것으로 오해될 소지도 있었다는 점은 저도 인정합니다마는, 그것은 말 그대로 오해일 뿐입니다. 우리 후보님께서는 구체적으로 주도 이전과 통합 문제의 당위적 연관성에는 어떠한 근거와 논리를 가지고 계십니까? 루어스 메트로를 제외한 대다수 주민들의 표만을 의식하고 계산해서 급조한 공약 아닙니까? 솔직히!"

선거 공약으로는 급조된 것이 맞을지 몰라도 근거와 논리를 거론하자면 그것은 젊은 후보자의 내면에서 무르익다 못해 농익은 것이었다. 그러므로 어느 상대 당 후보자의 알맹이 없는 장광설은 오히려 그것을 터트리기에 좋은 빌미가 되어 주었다. 만에 하나 자신을 지지하지 않는 사람들을 더 멀어지게 할 결정적인 이유가 될지도 모르겠지만, 이 상황에서 그간의 기성 정치인들처럼 말을 에두르는 것보다는 솔직해지는 편이 차라리 나을 것이라는 확신도 스스러웠다.

그것은 안에서부터 밖으로가 원칙이고 순서라는 젊은 후보자의 오랜 믿음에 기반하고 있는 것이기도 했다. 나로부터 우리, 가정에서 사회, 직장에서 연맹, 그리고 주 자체에서 연방이라는 체제적인 단위까지 외연을 넓혀나가는 방식으로 분명 일관적이었으나 어디까지나 그 중심은 내재 지향적인 것이었다. 그래야만 핏줄인 아버지를 편벽되게 평가하지 아니하고, 한때 그 아버지 대신이었던 고마운 아저씨와의 관계에서도 자신이 주체가 되어 부채 의식 따위를 짊어지고 살아갈 필요가 없을 터였다. 그런 일관성은 당연히 주지사 후보자로서도 마찬가지여야 하였다.

"우리는, 아니 저는 2년 후에나 있을 연방의 대통령 후보자가 아닙니다. 단지 나흐쿠브도 아닌 나흐만 주만의 주지사 자리를 목표로 뛰고 있는 정치인일 뿐입니다. 그러므로 모든 공약이나 정책이 우리 나흐만 주를 중심에 두고 안출되어야 한다고 생각합니다. 저의 이런 원칙에 의하면 주도 이전이 나흐 주들의 통합보다는 우선되어야 하는 것이 맞습니다. 그렇다고 해서 제가 근본적으로 통합에 비관적인 입장에 서 있는 것만은 아닙니다. 다만 통합으로 가기 위한 내적 여건이나 실제적인 단계를 우선해야 하는 측면을 일깨워 보고 싶을 뿐입니다."

끝까지 귀담아듣지 않았으면 언뜻 수천 년 역사 동안 한 덩어리였던 두 주의 통합 열의에 찬물을 끼얹는 듯한 젊은 후보자의 발언은 다시 한 번 수위를 넘는 것처럼 보였다. 어쩌면 자신을 지탱하던 견실한 둑을 일시에 허물어버릴지도 몰랐다. 그러나 그는 서두르지 않기로 했다. 그렇고 그런 반론의 시간이 지나가고 다시 자신에게 순서가 돌아왔을 때 충분히 넘실거리는 물결을 다스릴 수 있으리라는 자신감으로 넘쳐났다. 마치 주도 이전이 나흐만 주를 넘어 나흐쿠브 주와의 통합으로 이어질 수 있다는 그의 신념과 마찬가지로.

"저는 우리 주가 안고 있는 문제들을 하나하나 차곡차곡 해결하며 내실을 다지는 것이 결국에는 분열의 역사를 치유하고 극복할 수 있는 결정적인 밑거름이 된다고 생각하여 왔습니다. 우리 안의 문제도 제대로 해결하지 못하고 서둘러서 통합을 이룬들 장차 예상되는 부작용에 어떻게 능동적으로 대처할 수 있겠습니까?"

젊은 주지사 후보자는 그래서 분할 이전이나 통합 이후를 염두에 두고 많은 사람들이 미련을 버리지 못하고 있는 루어스 메트로의 상당 부분을 포기해야 한다고 판단하고 있었다. 명실상부한 주의 수부 도시로서 정치, 경제, 행정, 문화, 심지어는 역사까지 독점하다시피하고 있는 루어스 메트로에 나흐만 주 전체가 갈수록 일방적으로 의존하고 있는 지역적 불균형 현상은 기필코 해소되어야만 할 현안이라는 생각이었다. 그것은 혼자서만 맛난 음식을 챙겨 먹는 동화 속 욕심꾸러기와 근본적으로 다르지가 않았다.

성숙한 어른의 시각으로 보아도 사안의 심각성은 줄어들 조짐이 보이지 않았다. 멀리 거슬러 올라가 고대국가 시대부터 여러 왕조의 도읍지로 발전해 온 뿌리 깊은 곳이긴 해도 역사적으로 경쟁 관계에 있었던 나흐쿠브의 주도와는 분리 이후 오히려 비교가 되지 않을 정도로 비대해져 가고 있었다. 제법 오래 전 두 주의 강제 분할로 인하여 나흐만 주의 북쪽 지방으로 치우치게 된 지리적 위치도 문제였지만, 그렇다고 해서 주 안의 여러 고만고만한 도시들이 그에 필적할 만하게 성장할 가능성도 보이질 않았다.

"지금이야 피치 못하게 지리적으로도 다소 치우친 듯한 감이 있지만 나흐쿠브 주와 통합이 되면 명실상부한 통합 주도로서의 지위를 되찾기에 오히려 유리한 위치가 아닙니까? 우리 후보님께서는 경륜을 더 쌓아서 좀 더 멀리 내다보는 혜안을 갖추시는 것이 어떨까요?"

"후보님들 말씀대로 언젠가 통합이 된다고 쳐도 저쪽에서 순순히 루어스 메트로를 다시 주도로 받아들여 준다는 보장을 할 수 있겠습니까? 다들 너무 나흐만 주 중심의 사고에 물들어 계신 것은 아닌가 싶습니다. 통합에 응하는 대가로 더 북쪽에 있는 나흐쿠브 주의 주도를 주장하면 그때는 어쩌실 겁니까?"

그래서 기존의 양 주도가 아닌 새로운 주도가 조촐하게나마 미리 자리 잡고 있으면 타협의 여지가 더 커지는 장점도 있는 거라구, 이 늙은 이들아! 어차피 자기들이 먹지 못할 바라면 루어스 메트로도 못 먹기를 바라는 것은 당연한 마음 아니겠어! 그리고 통합 이후 나흐 주의 화합과 발전을 위해서도 하나의 묘안이 될 수도 있어. 비근한 예로 시드니와 멜버른이라는 양대 도시의 대립으로 인한 분열 가능성을 캔버라라는 새로운 수도 건설로 멋지게 해결한 호주 같은 나라를 좀 보라구!

젊은 후보자는 얼마든지 토해 내놓고 싶은 말들을 그러나 입안에 아껴두었다. 절대 자신을 찍을 리 없는 노회한 후보자들에게는 이만큼이면 충분히 되었다는 타산이었다. 그리고 당장 오늘 밤의 토론 직후부터 실질적으로 자신이 상대해야 할 유권자들에게 주도 이전 문제를 더 구체적으로 주장하고 설득할 기회는 많이 있을 것이기 때문이었다. 크리스 강으로부터 거슬러 북쪽 루어스 메트로로 날아드는 화살은 이제 막 시위를 떠났을 뿐이었다.

"사실 포크레인은 제 주특기가 아닙니다만……."

"그냥 스튜디오에서 헬멧 쓰시고 운전석에 올라가셔서 포즈만 취해 주시면 크리스 강을 배경으로 하여 선거 구호까지 넣어서 저희 홍보 파트에서 멋들어지게 그래픽 작업을 하게 될 겁니다. 후보님!"

"예를 들어 '새 주도 건설은 젊은 기능공의 손으로!'처럼 말이죠."

"제가 포크레인도 좀 다룰 줄은 압니다만 그렇다고 여기서 기능공이라는 말까지는 적절하지 않을 것 같은데요……, 차라리 불꽃이 튀는 용접 같은 것이라면 모를까?"

본격적인 경선 레이스가 시작되자 거창한 정책이나 공약 설명보다 홍보 영상이나 포스터 제작 같은 어쩌면 본질에서 조금은 비켜난 듯싶은 소위 이미지 메이킹이 주를 이루는 분위기였다. 제1의 공약인 주도 이전을 알리기 위한 네 번째 영상 제작을 둘러싼 회의에서도 그것은 예외가 아니었다. 참모들의 고민은 현재의 주도인 삼백만 루어스 메트로 사람들을 자극하지 않으면서도 어떻게 하면 강렬한 인상을 대다수 유권자들에게 심어줄 수 있겠느냐 하는 것이었다. 엄밀히 제3의 일천한 대안 세력일 뿐인 그들은 자기 진영 최고의 자산이라고 할 수 있는 젊은 후보자를 최대한 활용하기로 벌써 암묵적으로라도 합의를 본 모양이었다.

"그것도 저희가 생각을 해 보지 않은 것은 아닌데 그렇게 되면 자칫 핵심 공약의 빛이 바랠 수도 있다는 판단에서 잠시 보류를 시켜 둔 상태입니다."

"그렇습니다! 나흐만 주와 나흐쿠브 주를 각각 상징하는 두 개의 거대한 쇳덩어리를 불꽃을 날리며 용접 작업에 몰두하고 있는 후보님의 멋진 모습이 너무나 강렬하게 비추어질 것도 문제지만……."

"더 큰 문제는 두껍고 짙은 용접 마스크 때문에 후보님의 얼굴이 충분하게 노출될 수 없다는 치명적인 한계를 안고 있어서……."

"까짓것 좁은 스튜디오가 되었건 광활한 크리스 강변이 되었건 포크레인을 한번 타 봅시다! 대신 방금 말씀들 하신 용접도 진짜로 함께 하는 겁니다. 제가 용접하면 이것저것 가리지 않고 워낙 자신이 있는 분야이기도 하지만, 이건 저의 또 다른 정치적 신념과도 밀접하게 연결되는 매우 중요한 부분이기도 하니까요!"

젊은 후보자는 주도 이전 공약이 어떤 의미에서든 선거의 중요 이슈가 되자 조금은 욕심이 나기 시작하였다. 그것은 자신이 시공간적으로 앞도 밖도 함께 내다볼 줄 아는 식견도 가진 사람임을 공공연하게 드러내 보고 싶은 소박한 바람이기도 하였다. 이는 그만큼 그가 술수와 책략이 횡행하는 선거 공학에는 서투른 진짜 기능공 출신일 뿐임을 감쪽같이 숨길 기술은 없음을 드러내고 있는 꼴이었다. 그것이 이번 주지사 선거에서 결정적인 패인이 될지, 혹은 승인이 될지 그 자신도 도무지 알 길이 없었지만 말이었다.

"그러니까 후보님께서는 차기까지, 아니 어쩌면 차차기까지 길게 내다 보고 계신다는 말씀처럼 들리기도 합니다."

"일단 주도 이전에 성공하고 나면 그다음은 반드시 두 나흐 주의 통합으로까지 나아가겠다는 말씀이야 워낙 자주 하셔서 적어도 우리들 가운데는 모르는 사람이 없을 정도이지만 유권자들에게도 빼놓지 않고 강조를 하고 싶으시다는 좋은 뜻이신데……."

"왜? 아직은 도저히 안 되겠습니까? 그게 그렇게 큰 문제가 됩니까?"

"그게요, 한 번 더 되풀이되는 얘기인데요, 이번 선거의 핵심적인 이슈를 무력화시켜 버릴 수도 있는 문제라서요. 이전이냐? 통합이냐? 두 개의 트랙은 우리 같은 제3 세력이 감당하기에는 다소 버거운 것이 솔직한 현실이기도 합니다."

"게다가 지금 두 당은 공히 통합을 우선순위에 놓고 나흐쿠브 주의 자당 후보들과 각각 연대하려는 움직임을 노골적으로 보이고 있어서……, 그렇게 되면 우리에게는 절대 불리한 상황입니다."

"그러면, 거 뭐라고 합니까? 오버랩인가 하는 기술을 써 봅시다. 밝고 뚜렷한 포크레인을 칼라로 크게 앞에 놓고 뒤에는 흐릿한 흑백의 용접 장면을 작게 겹치게 하는 거, 어떻습니까?"

"보일 듯 말 듯……, 우리의 다음 수순은 통합이다! 이렇게 암시라도 하자는 거지요?"

그러면 저쪽에서들 되지도 않을 통합에만 매달리는 것과는 달리 주도 이전과 통합으로 이어지는 장기적인 집권 플랜의 청사진이 제시되는 셈이었다. 무의식적으로나마 유권자들의 뇌리에 우리가 비록 소수이지만 합리적인 사고를 하는 수권 정당으로서의 자격과 능력을 확실하게 지니고 있음을 새겨 넣을 수도 있게 되는 것이었다. 느릿느릿하고 거대한 두 고래의 싸움에서 작고 빠른 새우 한 마리가 등이 터지는 것이 아니라 바다를 지배할 기회를 움켜쥘 수도 있게 되는 거였다.

사실 주도 이전 선언 이후 여론 조사 결과의 추이를 면밀하게 지켜보면 아직은 부동의 3위이지만 서로 각축하고 있는 양대 정당 후보자와의 차이를 미세하게나마 좁히고 있는 형국이었다. 그것도 양쪽의 지지자들을 비슷하게 이탈케 하면서 한 발짝씩 두 걸음씩 서너 퍼센트포인트라도 꾸준히 올리고 있음이 고스란히 드러났다. 저들이 나흐만 주의 북단 루어스 메트로와 그 너머 나흐쿠브 주에 매달리고 있는 사이 젊은 후보자의 결단은 주도 이전 유력 후보지인 중부 지방은 물론 초기에는 반대이거나 관망세였던 저 멀리 남부 지방으로까지 광범위하게 세를 넓혀가고 있었다.

"가자! 남으로, 남으로!"

"조용, 조용히! 우리들은 모두 프로입니다. 전혀 예기치 못했던 새로운 사태에 어떻게 해서든 대처해야만 하는……."

오늘 발표된 여론 조사 결과의 분석 자료를 받아든 누군가가 언제부터인가 캠프 내에서 빈번히 들려오기 시작했던 힘찬 구호를 또다시 외쳤으나 그것을 내리누르는 더 크고 다급한 목소리가 문밖에서부터 들려왔다. 그것은 그 다급한 만큼이나 절망적이기도 하였는데 발화 당사자를 제외하고는 그 누구도 처음에는 쉽사리 눈치채지 못할 정도로 의외의 사연들을 전설 속의 구미호 꼬리처럼 줄줄이 달고 있었다.

"현 주지사와 전 주지사가 모두 주도 이전을 추진하기로 극적인 합의를 봤다는 정보입니다."

"그게 정확한 정보 맞습니까?"

"그쪽 캠프에 있는 믿을 만한 제 아는 선배의 전언이니까요. 아, 그리고 정확하게는 주도 이전이 아니고 기존 루어스 메트로의 여러 기능 가

운데 행정과 정치 일부만을 고스란히 옮기는 일종의 행정 주도를 건설
하자는 합의서에 전격적으로 사인을 했다고 합니다.”

“그게 도대체 무슨 말입니까? 주도면 그냥 주도고……, 행정 수도면
행정 수도지……, 난데없이 듣도 보도 못한 행정 주도라니요?”

“이제 곧 공식적으로 발표가 나면 정확한 사실과 자세한 내용을 알게
되겠지마는, 행정 주도 급의 이전이라면 나흐쿠브 주지사 후보들도 문
제 삼지 않거나, 용인하기로 당내에서는 이미 각자 조율이 끝났다는 아
직은 확인 안 된 후문까지도 돌고 있습니다.”

“그렇다면……, 그게 분명한 사실이라면……, 우리는 이제 어떻
게……?”

“아! 실패한 거지요. 이 게임은 일단은 쏘아 올린 화살 일부가 중도에
서 마구 꺾여진 채로 허망하게 끝난 거로군요!”

젊은 후보자는 남몰래 불길하게 내연했던 예감에 이대로 굴복할 수는
없다고 생각하였다. 주도든 행정 주도든 이전과 통합이라는 원대했던
꿈이 무너져내리고 있는 마당에 자신보다는 젊은 눈앞의 참모들이, 저
멀리 그려지는 순정한 지지자들이, 그리고 비록 길지는 않았지만 한평
생 그렇게나 이겨내려 애썼던 삶의 근원적인 허무함이 잡힐 듯이 들어
왔기 때문이었다. 그는 처음이자 마지막으로 닳을 대로는 닳은 노회한
정치인다운 멋들어진 담화로 마무리를 해야만 할 필요를 매우 강렬하게
느꼈다.

“아닙니다! 제가……, 아니, 우리가 주도 이전이나 나아가서 나흐만과
나흐쿠브 두 주의 통합에는 미치질 못했지만, 일단은 이전, 방금 뭐라고
하셨지요? 아, 그렇습니다! 행정 주도든 뭐든 꿈쩍도 하질 않던 사람들

을 움직이게는 만든 것 아니겠습니까? 그 뒷일은 나중에 두고 보면 알겠지요! 여러분! 그동안 정말 수고 많으셨습니다. 그리고 저 자신 개인적으로도 진정 희망적이었습니다마는……"

- 끝 -

이제 남으로 남으로